少年陰陽師
しょうねん おんみょうじ

少年陰陽師 貳拾

無盡之誓

果てなき誓いを刻み込め

結城光流—著　涂愫芸—譯

重要人物介紹

藤原彰子
左大臣藤原道長家的大千金，擁有強大靈力。基於某些因素，半永久性地寄住在安倍家。

小怪
昌浩的最好搭檔，長相可愛，嘴巴卻很毒，態度也很高傲，面臨危機時便會展露出神將本色。

安倍昌浩
十四歲的菜鳥陰陽師，父親是安倍吉昌，母親是露樹，最討厭的話是「那個晴明的孫子」。

六合
十二神將之一的木將，個性沉默寡言。

紅蓮
十二神將的火將騰蛇，化身成小怪跟著昌浩。

爺爺(安倍晴明)
大陰陽師。會用離魂術回到二十多歲的模樣。

朱雀

十二神將之一的火將，使的是柔和的火焰。與天一是戀人。

天一

十二神將之一的土將，是絕世美女，朱雀暱稱她「天貴」。

勾陣

十二神將之一的土將，通天力量僅次於紅蓮，也是個兇將。

太陰

十二神將之一的風將，擅使龍捲風，個性和嘴巴都很好強。

玄武

十二神將之一的水將，個性沉著、冷靜，聲音高亢，外型像小孩子。

青龍

十二神將之一的木將，從很久以前就敵視紅蓮。他有另一個名字「宵藍」。

太裳
十二神將之一的土將，
說話沉穩，氣質柔和。
較少出現在人界。

風音
道反大神之女，在深沉
的睡眠療癒中，被真鐵
奪走了軀體。

白虎
十二神將之一的風將，
外表精悍。很會教訓
人，太陰最怕他。

茂由良
灰白色的妖狼，與珂神
一起長大，情同兄弟。

多由良
灰黑色的妖狼，是茂由
良的雙胞胎哥哥。

真赭
多由良與茂由良的母親。

真鐵
與珂神比古一起長大，
是九流族的術士，企圖
讓荒魂復活。

珂神比古
救了昌浩的少年，是九
流族的族長。珂神之名
其實另有涵義……

所有一切，
都是為了那小小的誓約。

1

◊ ◊ ◊

比一般狼大一倍的灰白狼，毫無警覺地發出規律的打呼聲。

一個小孩靠在它的肚子上，跟它一樣睡得很沉。

剛進入初夏，風還有點涼。萬里無雲的天空，藍得清澈，燦爛奪目的陽光不受任何阻礙地照耀著。

這麼祥和寧靜的晌午，只聽見輕柔的鳥叫聲，難免會引人入夢。

踩過草地的微弱腳步聲，完全吵不醒狼和小孩。

「我還在想他們跑去哪兒了呢……」

環視周遭，鳥髮峰山頂開闊，可以一覽出雲國度，遙望遠方。

在神治時代，這座山峰是荒魂棲息的地方，也是出雲最高的山脈。

站在狼與小孩身旁眺望風景好一會兒的灰黑狼抖抖三角形的耳朵，扭扭脖子。

一個年輕人步伐輕盈地走過來，沒有發出半點聲響。

在多由良旁邊停下來後，真鐵半無奈地苦笑起來。
「可見生活有多平靜。」
「你說得沒錯。」
多由良聳聳肩膀。真鐵把手放在它頭上，輕輕嘆口氣說：
「他什麼時候才會有身為大王的自覺呢？」
多由良甩甩尾巴說：
「珂神怎麼會沒有自覺呢？都十五歲了，算是大人了，而且，他已經負起了族長統御九流族的職責。」
「多由良，你失言了。」
多由良急忙用前腳掩住嘴巴，偷瞄一眼真鐵。
真鐵的眼神帶著溫和的笑意。
「不要告訴我母親哦……」
真鐵忍不住噗哧一笑說：
「多由良，你沒資格說茂由良呢！」
多由良瞥了灰白狼一眼，拉下臉來。
弟弟茂由良還是跟以前一樣，都稱呼大王為「珂神」，多由良提醒過它很多次，有

時還會嚴厲地苛責它。

微微抖動耳朵的多由良半眯起眼睛說：

「有時候難免會忘記嘛！而且只有你聽見，只要你不跟任何人說，就沒有人知道了。」

「我是共犯啊？」

灰黑狼搖搖尾巴說：

「沒錯，你是共犯。」

煞有介事地點著頭的多由良只差沒拍手叫好，說真是好主意。真鐵抓抓它的頭，坐了下來。

狼看著更靠近視線的真鐵，他緩緩轉過頭說：

「那麼，暫時當作我們沒找到他們吧！」

鱗片是荒魂的核心，大王和茂由良說要去找可以沉放鱗片的泉水，出去就沒回來了，讓紅毛狼非常擔心。

不久後就要攻擊道反聖域了，在那之前，必須先找到沒有受到任何污染的泉水，因為荒魂喜歡清澈的水。

一大早，狼和小孩說目標已經大致鎖定，只要走到簸川源頭就能找到，不會花太多

時間，說完就出門了。

結果，過了中午都沒回來，真赭擔心他們的安危，就叫真鐵和多由良來找他們。找遍所有地方，終於在這裡找到了。

「回去就說在山頂上也沒找到他們，所以又在山峰繞了一圈。」

「就這麼說吧！」

多由良表示同意，真鐵又摸了摸它的頭。

摸著摸著，真鐵忽然抬頭仰望天空，多由良也跟著他抬頭看。

啊！天空又高、又藍、又幽靜。

「……真希望永遠這樣。」

多由良不禁喃喃說著，真鐵也平靜地回應它說：

「嗯，我也是。」

茂由良和珂神滿臉幸福地沉睡著。

可以睡得這麼安穩，是因為確定這裡不會有敵人出現，還有，感覺得到彼此的體溫。

多由良看著狼與小孩的睡臉，板起臉說：

「怎麼可以這麼沒有警覺性。」

竟然這麼靠近都沒有反應。

「珂神還情有可原，連茂由良都沒察覺，以妖狼族來說，大有問題……」

灰黑狼眉頭深鎖，喋喋不休地嘀咕著。盤坐的真鐵把一隻手肘搭在膝蓋上，托著臉頰，裝正經地說：

「多由良，你失言了。」

「啊！」

狼就那樣僵住不動了。真鐵拍拍它的脖子，低下頭，笑得肩膀微微顫動。

「……都十四年了，沒那麼容易改口。」

「嗯嗯嗯嗯。」

多由良面色凝重。真鐵淡淡笑著說：

「還好，沒有被茂由良跟珂神聽見。」

「真鐵，你失言了。」

被多由良報仇般地頂回來，真鐵瞇起了眼睛。

珂神的睡臉跟嬰兒的時候一樣，一點都沒變。

——真鐵……比古拜託你了……

曾被自己喚為母親的人臨終前說的話，在心底輕輕地爆裂四散。

「偶爾失言也沒關係吧？不要告訴真赭。」

「當然。」

協議成立。

多由良和真鐵正滿意地點著頭時，一隻蝴蝶翩然飛落在沉睡的茂由良鼻尖。

拍動的小翅膀搔弄著茂由良的鼻子。

「……」

真鐵和多由良悄悄站起來，後退了幾步。

「……哈啾！」

因為打了個大噴嚏，狼的身體劇烈抖動，靠在狼身上的珂神飛跳起來。

「啊？什麼事？」

揉著惺忪睡眼四下張望的珂神瞄到站在後面的多由良和真鐵，驚訝得說不出話來。

看到珂神倒抽一口氣的樣子，茂由良也愣住了。

真鐵看著他們，若無其事地說：

「大王、茂由良，你們一直沒回去，真赭很擔心呢！」

珂神和茂由良都無言以對，看著彼此。

「對……對不起。」

「對不起。」

「好了，回去啦！」

被多由良這麼一催促，珂神和茂由良慌忙站起來，從回家的路奔馳而下。

多由良和真鐵看著他們的背影，視線交會，微微笑了起來。

他是為這孩子而生；為守護這孩子而生；為協助這孩子、為助這孩子一臂之力而生。

還有，為了絕不讓這孩子孤獨無依而生。

◇　◇　◇

有聲音。

那原本應該是充滿希望的雨聲。

有聲音。

——……良……由良……

啊！那是呼喚自己的聲音。

還有呼吸聲，像是痛苦掙扎的喘息。

緩緩張開眼睛的多由良，發現那是自己的呼吸。

朦朧中，它聽到刺耳的瘋狂吶喊。

——……良……！振作點，多由良，你不可以死！

多由良眨了一下眼睛。

是茂由良的聲音，可是，茂由良已經不在了。

它被殺了，被道反陣營的女人殺了。所以……啊！對了，要替它報仇。

在替弟弟報仇雪恨之前，自己還不能死。

——多由良……多由良……不可以，你不可以死！

灰黑狼思索著，緩緩移動視線。聲音聽起來這麼近，那隻灰白狼應該就在自己身旁。

它是長得跟自己一模一樣，只有毛色不一樣的弟弟。

然而，不管多由良怎麼仔細看、仔細搜尋，都看不到它，這是多麼殘酷、悲哀而痛苦的事。

只聽見呼喚聲，而且近在咫尺。明明這麼近，卻看不見。

多由良張大了眼睛。啊！對了，因為它是在自己體內。

於是，灰黑狼在喘息中微微一笑。

忽然，靈光乍現，它不禁佩服自己的聰慧。

「……由……良……」

多由良使出渾身力量，從喉嚨擠出聲音，好不容易才壓過強烈的雨聲。

——多由良！太好了，你要振作起來……

終於有了回應，茂由良安下心來。

神將太陰勉強擊退第六個蛇頭之後，趕去找昌浩和彰子，已經過了很久。

全身佈滿灰黑色毛的狼，體溫逐漸被下個不停的雨剝奪，使傷口的出血情況更加嚴重。為了多少避點雨，多由良拖著沉重的身體爬到樹蔭下，就倒地不起了。

它不知道自己昏迷了多久。

被大蛇咬傷的傷口應該很嚴重，奇怪的是，它一點都不覺得痛。全身冷得像冰一樣，完全沒有知覺。

「茂……由良……我跟你說……」

自己恐怕沒辦法替弟弟報仇了。

但是，自己是哥哥，如果能為弟弟做什麼，它都願意去做。

「我……死後……」

——不要胡說！你不會死，我們跟珂神、真鐵有過約定啊！

茂由良發出悲痛的吶喊。

多由良「嗯」地輕點著頭。

很久以前，當它們還是灰黑小狼與灰白小狼時，曾經站在一起，誠摯地看著真鐵，齊聲發誓。

幼小的心靈，全心全意地發誓，絕不違背承諾。

「我……我已經不行了……所以……」

——誰說你不行了？你不會的！對了，去找珂神，珂神會救你，你也知道吧？多由良，所以……

多由良又「嗯」地點點頭。

它知道。它們最敬愛的大王是個心地善良的少年，會露出心疼的表情，盡全力醫治它們。

但是，那個珂神已經不在了。茂由良應該也知道，因為它一直在自己體內看著所有經過。

即使這樣，弟弟還是深信不疑嗎？

深信珂神會回來；深信跟它們一起長大的那個珂神一定會回來，而不是珂神比古。

說不定完成九流族的誓願後，這個願望就會實現。但是，自己應該等不到那時候了。

愈來愈冰冷的身體，讓多由良認清了這個事實。

「我……死後……你就使用這個身體……」

——咦？

聽到多由良出奇不意的話，茂由良訝異得說不出話來。

多由良微微笑著。雖然看不見，也可以想見茂由良正張大烏黑的雙眼，滿臉驚訝的表情。

閉上眼睛，就可以看到那樣的畫面。

它這才發現自己好傻。以為看不見的弟弟，不是這麼清楚地呈現在眼前嗎？

閉上眼睛就看得見了。

既然看得見，就不難過了。弟弟就在這裡，不用擔心。

自己是哥哥，所以不能再讓弟弟看到自己狼狽的樣子。

「茂……由良……你聽著……」

努力想傳達訊息的多由良呼地喘了口氣。

——不行！不可以那樣！多由良……！

想必是滿臉哀戚的弟弟，悲痛地叫喊著，讓多由良痛徹心扉。

你很吵耶！茂由良。這種時候，應該聽年長者的話。

我想你一定是猛搖著頭說不要吧？弟弟。既然你那麼相信珂神，也許珂神真的會回來吧！

喉嚨發出笛子般的咻咻氣聲。

雨聲漸漸變得遙遠。當完全聽不見時，茂由良就可以使用這個身體了吧？

——多由良！不可以睡著呀！笨蛋，多由良！

灰黑狼抖動了一下耳朵。

同時，體內的茂由良也倒抽了一口氣。

可怕的妖氣正步步逼近。

——是荒魂……

茂由良驚慌失措。多由良已經沒辦法動了，這樣下去會被發現。

戰戰兢兢四下觀望的茂由良絞盡腦汁思考著，無論如何都要救多由良。

自己已經死了；如果連多由良都死了，等珂神回來時不知道會多傷心，真鐵也是。

忽然，茂由良覺得整顆心都糾結起來。

在臨終之前，它並沒有真正看清楚最後刺殺自己的是誰。

然而，「不會吧！」以及「為什麼？」的想法，卻不時交替地湧現腦海，讓它忍不住想哭。

茂由良甩甩頭，決心見真鐵一面，把事情搞清楚。

它曾經告訴彰子，自己也不知道是不是那樣。

其實，它知道很多可怕的事，只是心中某處，彷彿有人在對它說最好不要知道。

很難抱著懷疑的心情去相信一件事；所以為了相信，必須先確認、必須先問清楚。

撼動地面的聲響逐漸增強。是蛇體爬過地面，往這裡來了。那股妖氣跟雨中挾帶的

妖氣一樣，力量更是有過之而無不及。

屏氣凝神的茂由良聽到了颼颼的風聲。

它抬起頭，注視著風吹來的方向。

看到烏雲中有三個小小的身影。

——彰子！

茂由良不由得大叫，聲音與大蛇的咆哮重疊在一起。

在傾瀉而下的豪雨中，被太陰的風包住的昌浩和彰子搜尋著多由良的蹤影。

「太陰，多由良是在哪裡？」

面對彰子的詢問，太陰為難地皺起眉頭說：

「我為了找妳跟昌浩花了不少時間，所以……」

雖然有太陽，但是光線被雲層遮擋，縮小了視野。連綿不絕的樹木看起來都差不多，只能靠方向和距離來判別位置。

「應該是在這附近……」

忽然響起咆哮聲，打斷了太陰的話。接著，從蒼鬱的森林裡竄出歪七扭八的蛇頭。以驚人的速度往上攀升的大蛇用僅剩的一隻眼睛盯住昌浩他們。帶著憎恨的眼睛之中，燃燒著熊熊怒火。

彰子發出慘叫聲，昌浩挺身而出，把彰子擋在背後，與大蛇對峙。太陰的風把雨吹開，迸發出的神氣化為龍捲風鐮刀，射向蛇頭。

大蛇全身纏繞著陰沉的妖氣，蛇體一甩，就掃落了鐮刀。

「可惡……」

懊惱地咬住下唇的太陰，臉色看起來不太好。神將的神通力量也有極限，既要維持包住昌浩他們的風的保護膜，又要迎戰可怕的大妖，已經耗盡了她的力量。

「太陰。」

「放心，我沒事。」

太陰握緊拳頭，雙手在胸前交叉。

「我畢竟也是十二神將的一員，所以……絕對會保護你們！」

昌浩他們鑽過蛇頭，降落在地面。

「昌浩，你帶小姐離開！」

太陰留下他們兩人就要起飛，卻被昌浩一把抓住。

「不！妳帶彰子走！」

「咦？」

昌浩把瞠目結舌的太陰拉下來，再把彰子推給她，對她說：

「我來絆住大蛇，妳趁這時候把彰子帶回聖域。」

昌浩抬頭仰望上空，瞪著正直直往他撲過來的蛇頭，單手打起手印，迅速畫出五芒星，大聲吶喊：

「——禁！」

往下撲的蛇頭被看不見的牆擋住，反彈了回去。由於反作用力，大蛇的身體猛然向後仰，昌浩立刻乘機移動，逃出大蛇的視野。被蛇體壓倒的樹木發出了聲響。

「昌浩！」

彰子大驚失色，昌浩握住她的手，笑著說：

「不用怕……到了聖域有爺爺和勾陣在，放心吧！」

「可是，昌浩……」

「只要妳等著我，我就會回到那裡。」

彰子屏住呼吸。她強忍著不哭，但整張臉都皺成了一團，她也用力地反握昌浩的手。

雨聲霎霎，雨點毫不留情地拍打在身上，消磨人的體溫和力氣。

彰子也想過要回家，好想、好想回去，所以拚命逃了出來。最後倒在地上，沒有力

氣爬起來，只能靠手肘撐起身體。

當昌浩出現，把站不起來的自己擁入懷裡時，強撐到極限的意志就像絲線般斷裂了。

昌浩比她一年前認識時長高了一些。但是，她也長高了，所以差距還是沒拉開多少，昌浩的視線位置只比她高一點點。

忽然，彰子眨眨眼睛，瞇了起來。

她想起不久前，神將朱雀曖昧的笑容。

當時她問朱雀笑什麼，朱雀與身旁的天一相視而笑。

——昌浩無奈地嘀咕著呢！

——因為小姐也長高了……

他們說，昌浩好不容易長高了，彰子卻也長高了，不能拉開彼此之間的高度差距，讓昌浩百感交集。

彰子還記得勾陣苦笑著說，女生的成長本來就比較快。

還有心情回想這些事，是因為身旁有昌浩在、有太陰在。

雖然大蛇就近在咫尺，但是，有他們在就能成為精神上的最大支柱。

「彰子？」

看到昌浩擔憂的樣子，彰子搖頭表示沒事。

「然後……一起回家嗎？」

彰子不知道自己為什麼會在這裡，昌浩和太陰也是。

昌浩知道彰子想說什麼，他點點頭說：

「嗯，然後一起回家……太陰，妳們走吧！」

就在他放開彰子的手時，太陰的風包圍住了彰子。

太陰靠樹葉遮掩，從地面滑行飛上了天空。昌浩目送她們離去後，深深吸口氣，轉過身來。

他看著手心，咬住了下唇。

「……爺爺。」

現在才想起那件事的他，全身顫抖起來。

「對不起……」

他發過誓，絕不違背誓言，卻沒有做到。

「……可是……！」

儘管心情如此沉重、如此痛苦，不知如何是好，他卻一點都不後悔。

這樣的想法，更苛責著昌浩的心。

他曾發誓，要成為不犧牲任何人、不傷害任何人的最偉大陰陽師，自己卻違背了這樣的誓言。

當時銘刻在心的想法並不是一時興起，只是他不知道，自己心中有著不得不拋開這個想法的激情。

昌浩甩甩頭，仰望天空。

比古滿身是血的身影，掠過眼底。

自己可以輕易殺死人的事實，像冰刃般刺穿了他的心。

擁有強大力量，就擁有相對的危機。

他透過衣服，按著胸口。那裡有香包，還有道反的丸玉。由於天狐的力量被解放，丸玉已經失去了一半的效用，再造成負擔就會碎裂。這麼一來，就沒有東西可以阻攔自己了。

唯一值得慶幸的是，因為大蛇的妖氣濃烈，所以即使丸玉的效力減半，昌浩還是能看得見大蛇。

第六個頭嗅到昌浩的靈力，邊推倒樹木邊衝過來了。

昌浩集中精神，結印迎擊。

「嗡……！」

剎那間，脖子感到一陣寒意。

心跳撲通撲通加速。

視線與咆哮著跳出來的獨眼蛇頭交會，紅色眼睛盯住了昌浩。

就在這時候，從太陰她們前進的方向傳來雷擊的轟隆聲，形成強烈的靈力漩渦。

2

擊落的雷電襲向了太陰和彰子。

太陰保護著慘叫的彰子，自己擋住了所有的衝擊，翻滾了好幾圈後就沒動靜了。

「太陰、太陰！妳醒醒啊！」

被搖晃的太陰稍微呻吟幾聲，半張開眼睛看著彰子，痛苦地咳嗽著說：

「小姐，妳快跑……」

她努力想爬起來，可是全身麻痺不聽使喚，勉強轉動脖子，赫然看到前方有人影晃動。

帶著紅毛狼的珂神比古面無表情地笑著。

「唔……！」

看到彰子嚇得說不出話來的樣子，珂神露出蛇般的眼神說：

「我不是說過妳逃不了嗎？妳是留住荒魂的祭品。」

他從腰間的劍鞘斜斜拔出劍來。

「怎麼樣，真赭，妳不覺得時間差不多了嗎？」

站在玡神旁邊的真赭冷冷地點著頭。

「八岐大蛇的八頭八尾，還有最重要的身體，全都復活了。再獻上祭品就大功告成了，玡神比古。」

真赭的雙眸閃爍著陰森的光芒。

「終於可以毀滅世上所有的生物了。」

玡神比古淒厲地笑著。

彰子全身戰慄，動彈不得。

太陰搖搖晃晃地站起來，狠狠瞪著玡神和真赭。

「我不會讓你們這麼做！絕對不會讓你們得逞！」

遍體鱗傷的太陰說得斬釘截鐵，玡神和真赭興致勃勃地看著她。忽然，真赭眨了一下眼睛，把視線從太陰身上拉到右後方。

「啊……叛徒在那裡。」

鄙視般的不屑語氣，讓彰子和太陰冷得直打哆嗦。彰子順著真赭的視線望過去，看到倒在樹蔭下的多由良，不由得倒抽一口氣。

「多由良……」

——彰子！危險，快逃！

彰子聽見茂由良的聲音。

灰白狼顯得很害怕。不只是怕荒魂的第九個頭珂神比古，也怕母親真赭散發出來的異樣氣息。

它知道自己沒用，幫不上忙，但是它不懂，為什麼母親對多由良也那麼冷酷？

——母親……為什麼……

聽到茂由良的疑問，太陰大為震驚。

「它們是母子？」

「是啊！為什麼說那種話呢……」

真赭望著灰黑狼的冰冷視線轉向彰子她們。

「叛徒就是要給予懲罰，對吧？珂神比古。」

「沒錯，真赭，妳真的很明白事理。」

從少年高舉的右手指尖冒出漆黑的火花。啪唏啪唏作響的火花，威力愈來愈強，變成了雷槍。

「你連成為我兄弟血肉的資格都沒有，從這世上消失吧！」

意識朦朧的多由良呆呆聽著這句殘酷的話。它最喜歡的聲音，正說著要殺了自己。

死無所謂，反正它也活不長了。可是，身體被那道雷擊燒毀的話，茂由良就沒有地方可去了。
多由良逐漸被黑暗佔據的大腦，閃過灰白狼被大蛇的雷擊燒得灰飛煙滅的畫面。
它的心不由得激動起來。
「我……我不准……你這麼做！」
怎麼可以讓你這麼做呢！這個身體是茂由良的，我決定留給茂由良了。
多由良用伸直的前腳撥弄泥沙，再用嘶啞的聲音發出言靈。
「魑……魑魅！」
被它前腳撥弄的地方逐漸隆起，從土裡爬出無數的黑色野獸，衝向了太陰和彰子的方向。
獸群越過兩人，發出咆哮聲，襲向珂神和真赭。
珂神空手輕輕一揮，強烈的衝擊就把魑魅一舉掃光了。
靈力的餘波像漣漪般擴散開來，第六個頭察覺到，也咆哮呼應。
緊接著又傳來兩聲咆哮，是另外兩個頭往這裡來了。
多由良硬撐著爬起來，踉踉蹌蹌地往前走，喘得上氣不接下氣。
「彰子……！千萬不要被抓住！」
珂神的紅眼睛閃過厲光。

「住口！」

漆黑的雷擊打下來，多由良及時閃過，被衝擊力震得搖搖晃晃。它奮力移動身體，東倒西歪地走向彰子。

「多由良、茂由良……！」

臉色蒼白的彰子，用冷到幾乎沒有知覺的手臂抱住狼的脖子。

多由良和茂由良不禁悲從中來。

這個女孩明明是祭品，為什麼會這麼這麼溫暖呢？沒想到會有這麼一天，從人類女孩的身上，感覺到與最喜歡的母親一樣的溫暖。

已經耗盡的力氣，又因為那股溫暖而再度湧現。

「放棄吧！多由良，不要做困獸之鬥了，真難看。」

太陰憤怒地瞪著冷酷無情的真赭，通天力量以她為中心捲起漩渦。

「它是妳兒子吧？」

「壯志當前，那種關係有什麼意義呢？」

說得毅然決然的真赭全身散發出妖氣，前腳在地上撥弄著。

「魍魎——」

黑色野獸從四面八方爬出來，瞬間包圍了太陰她們。

「這哪算什麼！」

太陰來勢洶洶的通天神力化為狂風，撲向了魑魅。新的野獸又冒出來，踩過被狂風撕裂的魑魅。面對不斷湧現的魑魅，太陰已經戰到了極限。

意識突然變得模糊，太陰差點跪了下來，幸好彰子反射性地伸出手，勉強撐住了她。

以全身力量撐住嬌小神將的彰子，最後還是不支地倒下了。

多由良慌忙繞到彰子背後，用灰黑色的背部撐住她。

珂神不耐煩地對接連倒下的太陰和彰子說：

「妳們知不知道什麼叫垂死掙扎？而且，就算這次讓妳們逃了，也逃不了永遠。」

揚起嘴角冷笑的珂神舉起手來，呼喚逐漸靠近的三個蛇頭。從烏雲打下來的雷電落在他手上。

突然，珂神把啪唏啪唏作響的雷電拋向了某處。

粗大的樹木被劈成兩半，從樹後跳出矮小的身影。

太陰顫抖地大叫：

「昌浩！」

在豪雨中狂奔的昌浩，喘著氣衝到彰子她們前方。

他濺起泥沫，結著手印，大聲吶喊：
「嗡阿比拉嗚坎夏拉庫坦！」
心在胸口撲通撲通狂跳，全身血液不知道唰地流到哪裡去了。
灰白火焰在體內深處燃燒，隨著心跳加速，搖曳的火焰也愈燒愈烈。
「嗡阿波迦霍迦嘛尼漢哆嘛、叭吉雷畢洛基提、桑曼達、溫！」
昌浩順暢地唸著以前絕對不會對人類施行的攻擊咒文，但唸著唸著，胸口逐漸冷卻下來。
他不禁覺得，在凍結的心底燃燒的火焰，是在給自己定罪。
斜斜揮下的內縛印化為岩石般的雷擊，襲向珂神和真赭，強烈的爆裂濺起泥沫。
「彰子、太陰！有沒有受傷？」
昌浩大叫，太陰也對著他狂吼：
「昌浩，前面！」
從泥沫中衝出來的珂神揮下了鋼劍。昌浩幾乎是下意識地閃避，往旁邊跳開。在地上翻滾半圈後爬起來，還半跪在地上的昌浩，抬起頭就看到珂神一躍而起，劍尖對準了自己的胸口。
嗤笑的視線，射穿了昌浩的心。

「——嗡……！」

昌浩雙掌著地，轉眼間地面就出現了龜裂，延伸到奔馳的珂神腳下。

「唔！」

失去平衡的珂神搖晃了一下。

昌浩沒有錯過這個機會。

「伏願……！」

他拔出插在腰間的勾陣的筆架叉，高高舉起武器嘶吼著。朝向天際的劍身承接靈氣，閃過淡淡白光。

「電灼光華……」

銀白色閃光撥開厚厚的烏雲，疾馳而下。

「急急如律令——！」

珂神和真赭抬頭一看，雷神之劍正朝著他們疾射過來。

轟隆巨響後，周遭變成一片銀白色。震盪一直擴散到遠處，跟雨聲、大蛇的怒吼聲層層交疊。

但是，昌浩什麼也聽不見，灌入耳中的只有體內的沉重聲響。

撲通撲通的狂亂心跳與熊熊的火焰，燃燒著他的心。

他猛吸一口氣，聽到胸前響起微弱的聲音，是丸玉徹底碎裂了。

那微弱的聲音，其他人應該都聽不見。

然而，彰子卻聽見了，靠的不是耳朵、眼睛，而是直覺。

筆架叉從昌浩手中滑落，濺起了泥沫。

忘記呼吸的彰子，擁有「當代第一靈視力」之稱的「眼睛」，看到了那光景。

灰白色的光芒團團圍住了昌浩。

彰子知道那是什麼，她在異界見過，那是天狐的力量，正不斷散發出來。

她不由自主地拋開太陰，無聲地伸出手，暴雨重重打在她身上。

「昌……」

忽然，她彷彿看到呆呆站立的昌浩肩後，有道微光閃過。

彰子瞪大了眼睛。

她不知道自己哪來這麼大的力氣。

耳邊是雨聲、大蛇的咆哮聲，和不時穿過烏雲而下的雷聲。

她抓住昌浩的手、把他拉倒，發現眼前站著手拿武器的珂神。

那張嘴斜斜地笑著。

「唔……！」

失去平衡而雙膝跪地的昌浩，只聽見自己狂亂的心跳，連眨眼都做不到。

他看見了——

珂神手上的劍，深深刺入了彰子的胸口。

慘白的火焰在昌浩的體內深處搖曳，他震撼地張大了雙眼。

所有聲音都消失了。

「……啊……」

雙膝跪地的昌浩下意識伸出手，接住了緩緩往後倒下的彰子。

癱倒的女孩被雨淋濕的頭髮原本長到腳踝，現在卻只剩下一半，還不到腰際。

「……」

女孩躺在瞠目結舌的昌浩懷裡，蒼白的臉龐痛苦地扭曲著。

心臟撲通撲通躍動。

「啊……」

轟隆隆的雷聲伴隨著疾馳而下的閃光。

刺進彰子身體裡的鋼劍，被照得微微發亮。

「……彰……子……」

一切都發生在眨眼之間。

灰黑狼瞪著刺穿彰子的少年。

「珂神！」

珂神比古嗤笑著，笑得無比開心。

在他身後的紅毛狼，也以冰冷的殘酷眼神看著昌浩他們。

「……昌……浩……」

彰子斷斷續續呻吟著，昌浩茫然地看著她，努力從乾涸的喉嚨擠出聲音。

「彰……子……」

手臂所承受的重量，是那麼的不真實。

「彰子……！」

火焰在體內深處搖曳著。

他只聽見狂亂的心跳聲。

其他什麼也聽不見。

＊ ＊ ＊

安倍晴明正要拿起桌上的出雲玉石時，忽然想起了什麼事。

伸出去的手停了下來。

坐在他正前方的勾陣疑惑地偏頭問：

「晴明，怎麼了？」

桌上有白色丸玉、紅色管玉、碧綠勾玉，這些玉石都灌入了道反大神的力量，等於是神的附體。晴明打算把這三種玉石串起來。

看著也是拜託女巫準備的白線，晴明露出深思的神色。

老人把剛才正要拿玉石的手按在嘴上，陷入了沉思中。

勾陣觀察主人的動靜好一會兒後，盤算著該等老人主動開口？還是該以急迫的局勢為重？最後，選擇了後者。

「你在擔心什麼嗎？晴明。」

晴明這才轉動眼珠，盯著勾陣的臉看，眼神咄咄逼人。如果是做過什麼虧心事的人，恐怕無法坦然以對。那是很像要揭發什麼的犀利眼神，絕不會錯過任何秘密或放過任何事。

但是勾陣沒有任何事怕被揭穿，所以盤著腿、環抱雙臂，沉默面對那樣的視線。每當晴明露出這種表情時，一定是有什麼事。

勾陣數著心跳數到六十時，老人終於開口了。

「喂，勾陣。」

「幹嘛？」

「妳的頭髮為什麼這麼短？」

「什麼——？」

勾陣完全傻眼，不由得反問。

晴明很遺憾似的繃起了臉。

「如果妳的頭髮長到腰際就好了，不過，也可以剪下一小撮，接成一長條……不，不行，接起來的頭髮強度不夠。」

「晴明，」勾陣舉起一隻手，打斷晴明的話，「我大概猜得到你想做什麼，不過為了慎重起見，還是請你把話說清楚。」

「既然猜得到，幹嘛還要我說？就是妳想的那樣。」

「你怎麼證明我的猜測跟你的想法一樣？」

勾陣打破砂鍋問到底，晴明很乾脆地回她：

「我無法證明，不過，既然我覺得是那樣，應該就是那樣。」

看著輕鬆把話帶過的晴明，勾陣的語氣更不好了，低聲咒罵著：

「你這隻老狐狸……」

最教人生氣的是，既然晴明這麼想，就不會有錯。在這方面，這個男人從以前就擁有超群的能力。

勾陣又死纏爛打地追問：

「你打算怎麼辦？去拜託女巫嗎？」

老人往門口望去，搖了搖頭。

「不能連這種事都拜託她，大神會不高興。」

「那麼……」

勾陣說到一半，忽然張大了眼睛。看到她那樣的表情，晴明瞇起一隻眼睛說：

「朱雀知道了可能會很生氣，可是，這是為了解決燃眉之急。」

晴明回頭看躺在床上的天一，輕輕地呼喚她。

「天一——」

聲音裡充滿著言靈。

毫無血色的神將天一眼皮微微動了一下。她慢慢睜開眼睛，視線在半空中游移，捕捉到了晴明和勾陣的身影，才轉過頭來。

比天空顏色淡的眼眸之中，閃過安心的光芒。

「是，晴明大人……」

呼喊主人名字的聲音，比平常虛弱許多。

老人輕輕地點著頭說：

「對不起，有事拜託妳。」

「只要是我做得到的事……」

晴明溫和地瞇起眼睛說：

「不是什麼大事，不過，怕朱雀會有點生氣。到時候，妳要安撫他。」

天一微微一笑，很勉強地點點頭，喘了一口氣。她跟躺在長椅上的玄武一樣，還沒有完全復元，要不是聽到主人叫喚，絕對不會自己醒來。

「你要我做什麼？」

「嗯……」晴明站起來，伸出手，用佈滿皺紋的手挽起她光亮柔順的金髮，說：

「可以分一點頭髮給我嗎？」

「呃……需要多少呢？」

話語中帶著一絲絲的不安，因為待在京城的朱雀非常寶貝她這一頭金髮。
晴明看出她的憂慮，安撫她說：
「只要七、八根就好……如果可以給我十根更好。」
天一鬆口氣，點點頭說：
「可以。」
老人的手正要去拔頭髮時，被從一旁伸出來的手抓住。
「不要用拔的，晴明，要愛護女生的頭髮。」
勾陣搖頭嘆息，拔起腰間的筆架叉，盡量從內側一根一根割斷，讓變短的頭髮藏在裡面看不見。
看到只有女性才有的細心，晴明非常佩服。勾陣把割斷的天一的頭髮，整束交給了晴明。
「麻煩妳了，勾陣。也謝謝妳，天一，好了，妳休息吧！」
「失禮了……」
天一的眼睛蒙上疲憊的陰影，就那樣無力地閉上了。
晴明回到矮桌旁，小心地把天一的頭髮搓成一條線。
「用女生的頭髮搓成的線，比同樣粗細的線更強韌。」

勾陣又在椅子上坐下來，盤起腿，環抱雙臂。晴明對她點點頭說：

「還有，勾陣，天一跟妳一樣是土將。」

勾陣驚訝地瞪大了眼睛。

晴明一邊搓著頭髮，一邊笑笑說：

「要做好萬全的準備才行，雖然都是御統，但比用一般的繩子串好吧？」

在古代，把用玉串成的環形飾品稱為「御統」。晴明是把土將天一的頭髮撚成線，再用線把具有道反大神力量的玉串起來，所以就是「御統」。

將土的力量發揮到極致，就能對抗水性的大蛇。

「再來就看紅蓮能做到什麼程度了……」

結果會怎麼樣，晴明也無法預測。紅蓮是十二神將中號稱力量最強的煉獄之將，但是，八岐大蛇是神治時代人人都懼怕的大妖。

晴明用心地把玉石一顆顆串起來，勾陣以雙臂環抱胸前，很不客氣地對他說：

「怎麼，晴明，你不知道嗎？」

「喲，妳知道嗎？勾陣。」

「當然。」勾陣點點頭，浮現不可一世的微笑。「只要你叫他做，他就一定會做到，他就是這樣的男人。」

只要是晴明的命令，他就會解放他自己最厭惡的超強力量。這股力量超乎尋常，連十二神將的天空編成的最強結界都無法阻攔。

洋溢著自信的烏黑雙眼，很像為他感到驕傲。

聽到勾陣說得就像自己的事一樣，晴明眨了眨眼睛。

「這樣啊……」

鬥將中唯一的女性勾陣，實力僅次於第一強的紅蓮，所以既然她這麼斷定，就不會有錯。

晴明穿好了最後一顆玉石，將金線打結。圓形沒有盡頭，力量會不停環繞。被串起來的玉石，力量會因為環繞而增強，而且愈來愈強。

串起玉石的是晴明，但是，「御統」逐漸膨脹的波動，卻讓他煩惱地皺起了眉頭。

「要運送這串玉石，恐怕會有點困難。」

晴明畢竟是人類，這串玉石不但有神將的通天力量，還有天津神的神氣，對他來說太過強烈了。

勾陣從沉吟的晴明手中把玉石拿過來。

手心感覺到的波動既沉重又強烈，光拿著，手就會顫抖。連她都這樣了，最好不要讓其他神將碰觸。

她握起手心，鎮住顫抖。身為土將的她，跟這條「御統」的屬性相同，只要調整神氣的波動就行了。

「把這串玉石交給騰蛇，然後呢？」

勾陣邊問邊站起來，似乎是打算現在就出戰。沉浸在瑞碧之湖一陣子的她，傷勢已經痊癒，雖然通天力量還沒恢復，但身體已經能動了，所以要趕赴戰場。對身為鬥將的她來說，這是理所當然的想法。

晴明追上走出房間的勾陣，與她並肩而行，皺起眉頭說：

「我也不知道之後該怎麼做，總之，就只能拚了。」

「你沒有任何戰略？」

「面對那樣的強敵，要什麼手段都沒有用。」

晴明說得一點都沒錯，勾陣沉默下來。

兩人就這樣走出正殿，前往隔開人界的千引磐石。

風音和六合已經離開了一個時辰。人界現在應該是白天，但是烏雲密佈的天空就跟黑夜一樣。

守在磐石前的大蜘蛛一看到晴明就站了起來。

「是安倍晴明……神將，妳復元了？」

「是啊……」

想到復元的原因，勾陣的臉色就變得很難看，蜘蛛疑惑地看著她。

剛醒來的大蜈蚣和烏鴉也在蜘蛛身旁。

「安倍晴明！安倍晴明！」

飛到晴明面前的嵬努力保持視線高度，喘著氣說：

「我們公主真的去戰場了？你為什麼不阻止她?!」

「快回答我啊！安倍晴明！你能不能活著回京城，就看你怎麼回答了！」

被大蜈蚣逼問的晴明瞥了蜘蛛一眼，不知從何說起似的垂下了視線。

這隻大蜘蛛也曾試著阻攔風音，但輸給了她的堅決。大蜈蚣和嵬聽說後，一定狠狠把它罵了一頓。

剛醒來的大蜈蚣還沒有百分之百痊癒，蜥蜴也還沉睡在湖底。守護妖們都很想馬上去追風音，卻又不放心丟下女巫一個人，愈來愈焦慮。

看到晴明對於守護妖們的氣勢有點招架不住，一旁的勾陣挺身而出說：

「不用擔心。」

「什麼?!」

勾陣交互看著異口同聲的兇悍大蜈蚣和烏鴉。

「因為有六合隨行，道反大神也說過，六合拚了命也會保護風音。」

在前往這裡的一路上，晴明把她沉睡時發生的事都說給她聽了。

大蜈蚣與烏鴉面面相覷。

「妳沒騙我們？」大蜈蚣問。

「我可以向天地神明發誓。」

勾陣舉起一隻手，向大蜈蚣宣示。嵬拍著翅膀逼向她說：

「萬一公主受了傷，妳知道妳會怎麼樣吧？神將……！」

勾陣一陣沉默。

「神將！為什麼不回答？妳是在欺騙我們嗎？」

「我沒有騙你們，但是無法保證。」勾陣看一眼殺氣騰騰的守護妖們，接著低聲說：「這畢竟是戰爭……要奪得勝利，不可能不受傷。」

守護妖們感覺到她嚴正的話中飄蕩著強烈的神氣，就都不說話了。

「剛才我也說過，風音有六合同行，所以不會有生命危險……」勾陣眼神炯炯發亮地掃視過三隻守護妖，「而且，你們的言行大大侮辱了道反公主。風音的力量遠在我們之上，你們身為守護妖，應該都很清楚。」

勾陣的話條理分明，說得守護妖們無言以對。

晴明和勾陣越過磐石，走進隧道。為了安全起見，大蜈蚣陪他們走到隧道出口。
就在快走出晦暗的隧道時，晴明突然停下了腳步。
「……！」
看到晴明倒抽一口氣的樣子，勾陣知道絕對有事，逼問他：
「怎麼了？晴明。」
晴明按著胸口，臉色蒼白地回答：
「天狐之血，騷動起來了……」
勾陣也大驚失色，她沒忘記這種狀況意味著什麼。
「天狐之血失控了？那麼，昌浩……！」
屏氣凝神的晴明抬頭看著逼向自己的勾陣，喃喃地說：
「還不到燃燒昌浩靈魂的程度，但是好像控制不住了，恐怕丸玉已經失去了力量。」
換句話說，就是昌浩有了生命危險。不知道發生了什麼事，嚴重到擊碎了用來控制天狐之血的丸玉。
兩人匆匆走向出口。
從人界吹來的風，混雜著異樣的妖氣。

那是八岐大蛇的妖氣。大蛇隱藏在雨中的力量竟然增強到了這種程度。連距離遙遠的道反都呈現這種狀況，可見大蛇再度降臨的鳥髮峰，已經遍地都是蛇神的可怕力量。

一走進下著傾盆大雨的人界，勾陣就瞪著遙遠的南方，低聲呼喚著六合、風音、太陰、白虎和騰蛇的名字。

「唔……！」

已經刻不容緩了。

當勾陣正要往前衝時，卻被晴明攔住。

「等等，勾陣。」

看到勾陣滿臉焦慮地回頭，晴明嚴肅地對她說：

「妳這樣出去淋到了雨，只會消磨妳的神氣。」

「不然你要我怎麼辦？」

勾陣強裝冷靜地問晴明。瞬間淋成了落湯雞的晴明仰望著天空說：

「這個國家現在彌漫著大蛇的妖氣，完全被玷污了，因為這場雨是大蛇的污穢之血。」

比古眾神透過風音之口發出的嘆息在晴明耳邊響起。

老人的雙眸中浮現嚴峻的神色。

「若繼續與烏雲對抗，不會有多大勝算，必須想辦法解決。」
神明下令掃蕩大蛇。
既然如此，聽命的人類，是不是應該祈求神明的協助呢？
「晴明？」
勾陣瞇起了眼睛，晴明對她嚴正宣佈：
「我要召喚比古神的力量，驅逐雨雲。」
必須止住化為雨水降落大地的大蛇毒血，才能打倒大妖。
烏雲是九流族之王召喚來的。九流族之王珂神比古，以多年積蓄的心念召來了大蛇，烏雲是大蛇的力量泉源。
「雨停之後，多少可以削減大蛇的力量，只能這麼做了。」
「話是這樣沒錯……可是……」
勾陣看看雨雲，再看看晴明，啞然失言。
對了，這個男人是安倍晴明。
祭祀王珂神比古召來的雨，是一般的神或術士無法驅逐的意念凝聚體。
但是，這個男人很有可能做得到。
他是擁有上通天神的天狐之血的人類，是人類與異形所生的孩子。

勾陣忽然想到——

沒錯，說不定，天狐可以對抗蒼古大妖八岐大蛇。

晴明在雨中閉起了眼睛。

他擔心昌浩的安危。除此之外，還有一個預感在他體內騷動不已。

他還無法掌握那個預感的真相。

緊閉的雙眼深處，爆開了微弱的光芒。

傾瀉而下的雨澆熄了微光。受到大蛇力量的影響，連晴明與生俱來的直覺都變得遲鈍了。

他張開眼睛，瞪視著煙雨迷濛的天空。

雷電閃過遙遠的天空。

可怕的大妖就在那下面。

3

他夢見了螢火蟲。

那是幾天前的事了。

「後來就沒再夢見，所以，應該不具任何意義。」

安倍成親在陰陽寮的曆部低聲嘟囔著。

來陰陽寮前，順便去了一趟安倍家，還是沒見到彰子。成親只知道她臥病在床，但不知道她的病情如何。

「昌浩不在，爺爺也不在，母親和父親恐怕不太清楚她的事吧！」

小妖們擔心她也就算了，連弟弟昌親都放心不下。

「回家前再去探探情況吧！不過，去這麼多次，有點怕會被青龍他們瞪。」

在嘴裡唸唸有詞的成親，發現有人從陰陽部來了。

藤原敏次看到成親，眼睛立刻亮起來，走進了曆部。

成親的位子在最裡面，敏次快步走向他，跪下來鞠躬行禮。

「前幾天非常謝謝你。」

「啊，敏次，你終於來了。」

「是的，剛才我去拜見過行成大人了。」

「是嗎？他看到你神采奕奕的樣子，一定很欣慰吧！」

敏次點點頭，開心地瞇起了眼睛。

「我在來這裡的途中遇到昌親大人……他說很擔心我，讓我覺得很驚訝，實在擔當不起……」

陰陽生與直丁撞見遍佈京城的異形，成了人人皆知的事。

大家仰賴的曠世大陰陽師，偏偏在這種時候病倒，所以人人都懷抱著難以形容的不安。

「昌浩還不能來工作吧？聽說他還要在家待幾天。」

忽然，敏次皺起了眉頭。

「敏次，怎麼了？」

成親注意到他的表情，這麼問他，他有些支吾其詞地說：

「沒什麼……我只是想到，昌浩本身沒犯什麼錯，卻因為請那麼長的凶日假，課業

又落後了，會追得很辛苦……」

「是啊……」成親點點頭，浮現苦笑，「不過，他自己也瞭解自己的處境，所以回來後會努力用功追回進度吧！待在家裡的這段時間也可以自習。倒是這個時候雜事特別多，他不能來工作，多少會給你們陰陽部的人帶來困擾吧？」

再過幾天就是乞巧奠，現在正是雜務暴增的時期。

敏次搖搖頭說：

「不，我們會分工合作完成，請不要擔心，請凶日假也是無可奈何的事。」

把污穢帶進皇宮就麻煩了，與其這樣，還不如讓他待在家裡齋戒淨身。

「啊，我該回去工作了。」

看到敏次欠身要站起來，成親忽然想到似的說：

「課業落後很多吧？怎麼有時間來這裡呢？」

課業大幅落後，為了趕上進度，應該是再多的時間都不夠用。而且，陰陽生也是政府官員，還有工作要做。

敏次一聽，感激到不行地說：

「其實是博士特別酌情處理，讓我來為昨天的事道謝。」

為了工作和課業，敏次從今天起必須連續加班。博士是希望他趕快解決這些事，早

點專心讀書、工作。

「原來如此，那的確是我伯父的作風。」

陰陽博士安倍吉平是成親的伯父。

「是的，我很感謝他的關心。那麼，成親大人，我回去工作了。」

敏次中規中矩地一鞠躬，正要站起來時，臉色突然變得陰鬱。

「呃……成親大人，可以問你一件事嗎？」

「怎麼了？」

成親驚訝地問。敏次很快地掃視周遭，確定附近沒有人。

「休息了這麼多天，再回到陰陽寮，有種奇怪的感覺……」

說到這裡，敏次露出了深思的眼神。

「我沒有靈視能力，只是憑直覺，所以請你聽聽就好。我覺得……皇宮那邊的空氣好像有點詭異，不知道成親大人有沒有發現？」

敏次瞥過一眼的地方是皇上和皇后居住的寢宮。

這番話出乎意料之外，成親一時答不上來。

「……我……我沒發現呢！你有告訴我伯父嗎？」

「我曾想要呈報上去，可是如我剛才所說，我沒有靈視能力，也可能是我自己太敏感了。所以我想問問成親大人的意見，再決定要不要呈報。」

「這樣啊……我知道了，我會注意看看。」

敏次慌忙搖搖頭說：

「不用了，應該是我太敏感，對不起，就當我胡說八道，聽過就算了。」

敏次跟來的時候一樣快步離開了。成親目送著他離去，在腦中不斷思考著他的話。

他說皇宮的空氣有點詭異。

成親站起來，走到外廊，往寢宮的方向望去。

寢宮在陰陽寮的北方，周遭環繞著幾座建築物、門與圍牆，所以從這裡看不見寢宮裡面。

成親盯著寢宮上方看。

這樣看了一會兒，忽然覺得頸子一陣緊縮，不由得皺起眉頭。

他把手放在頸子上，瞇起了眼睛。

「有點詭異啊……」

剛才他說沒發現，但是被敏次那麼一說，現在也覺得好像不太對勁。

他回想起幾天前的事，仔細思量，然後走向書庫，去看這幾天的紀錄。詳細記載了每天的氣象占卜、式盤結果的文件，都收藏在書庫裡。昌浩最近的工作之一，就是彙整這些紙上記載的訊息，抄寫成好幾份。

在水無月（農曆六月）下旬之前，都沒有什麼異狀。好像是從那之後，空氣開始產生了變化，但是非常細微，不仔細注意根本不會發現。

連日來不曾請假的成親，逐漸適應了那種細微的變化，沒有察覺異狀。

敏次會發現，可能是因為剛開始產生變化時，他就請了凶日假，好幾天都待在家裡齋戒淨身，所以感覺更敏銳了。

「真糟糕，我再怎麼說都是個博士，竟然沒發現……」

可見修行還不夠。

但是，空氣的變化太緩慢，恐怕連陰陽寮長都沒發現。

「沒辦法，為了準備乞巧奠，陰陽寮從上到下都很緊張，可是……嗯，還是不太明白。」

成親偏著頭，瞇起一隻眼睛。

文件上的訊息，究竟意味著什麼呢？

看著文件好一會兒的成親，默記幾條訊息，就走出了書庫。

總覺得工作結束後，有必要再去一趟安倍家。

希望那時候祖父已經回到家了。

「啊，博士！」

正要從書庫出來時，遇見了往這裡來的曆生們。

「我們正在找你。」

「不知道你跑到哪裡去了。」

「總不會一大早就想溜了吧？」

曆生們你一言我一語地說著，成親看看他們，深深嘆了口氣。

他很想說：你們這些傢伙把我當成什麼人了？

但是，自知這是平常的所作所為導致的結果，所以沒說出來。

曆生們怕他逃走，就把他圍起來，直接送回了曆部。

神將天后邊拉起板窗讓空氣流通，邊嘆著氣。

「晴明什麼時候才回來呢？」

聽到她的低聲嘀咕，青龍挑了挑眉毛，刻在他眉間的皺紋表現出他的不滿和憤怒。

晴明好不容易以魂魄狀態從道反回來，卻又帶著實體走了，到現在都還沒有一點消息。

青龍瞪著老人的床，狠狠地咒罵著：

「回來後，我絕不會輕易放過他。」

盤坐在房間中央的青龍這麼宣示。朱雀靠著柱子，單腳弓起坐在地上，嘆口氣說：

「我可以瞭解你的心情，但是……」

朱雀也是同樣的心情，只是他更擔心天一的安危。

貴船祭神高龗神說，遙遠的西方出雲不知道出了什麼事，要他們十二神將的主人安倍晴明去查個究竟。

朱雀瞪著自己的右手心。

神將也是有感情的，跟人類一樣有喜怒哀樂，也有害怕的事。

朱雀害怕自己抓不到。

害怕聲音和想法無法傳達；害怕伸出去的手抓不到。

他將原本在膝上緊握的拳頭按在額頭上，閉起了眼睛。

那時候，他伸出去的手沒有抓到。不，也許有抓到，只是他想抓住的那雙手消失了，所以他的手指撲了個空。

他想起不在這裡的天一那修長、白皙的手指，腦海閃過的卻是另一個身影，跟一頭金髮的天一完全不一樣。

很久沒有想起這件事了，是神的詢問喚醒了埋藏在內心深處的記憶。

儘管身為非人的十二神將，出雲國對他來說還是很遙遠。以前曾經搭乘白虎的風去筑紫國，那時也花了不少時間。

現在，能夠操縱風的兩名風將都在道反聖域。

「……」

他嘆口氣，沒特定對誰，使得凝重的沉默更加凝重了。

這時候，通常待在異界的同袍的神氣降落屋內。

「各位，你們看起來心事重重呢！」

現身的神將太裳像平常一樣攏著手，滿臉憂慮地站著。

看到站在板窗前的天后，太裳的表情就更陰暗了。

「天后，妳看起來很疲憊呢！要不要回異界休息一下？」

天后緩緩地搖著頭說：

「不……我要服從晴明的命令，在他回來之前，我不能離開這裡。」

「可是……」太裳鬆開交握的手，把手伸出袖口，放在天后的額頭上，「通天力量減弱了，可能是精神上太勞累了。」

聽到太裳由衷關心自己的話，天后垂下了視線，心想他說得一點都沒錯。

青龍瞥他們一眼，沒好氣地說：

「太裳，你來做什麼？」

太裳感覺到殺氣，不解地轉向他說：

「為什麼這麼問？」

青龍的表情更加肅殺了。

「我問你沒事來幹什麼？」

「沒什麼特別的事啦！只是天空翁說，既然晴明大人不在，為了安全起見，最好我也待在這裡，所以我就來了。」

「太裳。」

「什麼？」

太裳眨了眨眼睛，外表比他年長一些的青龍冷冷地回他說：

「你來不就是為了你剛才說的那件事？」

太裳眨了一下眼睛，轉向天后，以眼神詢問她：「是這樣嗎？」

看到天后點頭，太裳又轉向朱雀，朱雀也無言地點著頭。

太裳嗯嗯地點著頭，由衷佩服似的說：

「那麼，就當作是那樣吧！我說青龍，你的表情看起來很可怕呢！眉頭最好不要擠出那麼深的皺紋。」

朱雀看到青龍的太陽穴微微顫動著，就把視線撇開了。這時候視線與青龍交會，就會被牽連。

渾然不覺的太裳繼續對沉默的青龍說：

「晴明大人也常常說，老是這樣皺著眉頭，總有一天皺紋會無法消除，最好不要這樣……」

「太裳——」

聽到低沉陰森的聲音，太裳眨了眨眼睛。

「什麼事？」

「如果你是來說這些無聊的話，現在就滾回異界。」

太裳困惑地反駁：

「我是受天空翁之命，不能回去。對了，青龍，除了眉頭的皺紋外，我覺得你說話最好再委婉一點。」

這句話說得又重又順口，青龍的表情愈來愈可怕了。

「而且……」太裳看著天后，皺起眉頭說：「看到同袍這麼鬱鬱寡歡，我也不能坐視不管，我必須做我所能做的事。」

隔了一會兒，青龍才低聲說：

「我要搞清楚，你剛才說的鬱鬱寡歡的同袍是指誰？」

「當然是指柔弱的女性天后。」

「是這樣嗎？真的只是這樣嗎？」

青龍言外之意是想責問他，知不知道自己這麼說會攪亂其他同袍的心。

太裳沉思似的環抱手臂。

「……天一在道反……」

朱雀瞥青龍一眼，大約猜得出來接下來會怎麼樣。他把手抵在太陽穴附近，偷偷觀察隔壁房間。

一般人聽不見神將們的聲音，但是，非一般人聽得很清楚。

站在板窗前的天后拉拉太裳的袖子。

「呃，太裳……」

「什麼事？怎麼了？天后，妳的臉色比剛才更差呢！還是休息一下吧！」

「嗯……啊，我不是要說這個，」天后偷瞄青龍一眼，小心措詞地說：「太裳，等晴明回來，我就會去休息，所以你先回異界，回到天空翁那裡……」

再這樣下去，心情不好的青龍會集中砲火轟炸太裳，她不希望發生這種事。

「我不會有事的。」

「天后，不可以強撐哦！神將也有極限。連在我們之中通天力量號稱第二強大的勾陣，也都不得不去道反靜養了。」

說到這裡，太裳眨一下眼睛，啪地擊掌說：

「對了，妳跟勾陣的感情很好，所以也很擔心她吧？我都忘了。對不起，沒想到這麼多。」

「你……」

面對猛然低頭致歉的太裳，天后一時說不出話來。

這時候飛來尖銳的聲音。

「太裳，你是來說廢話的嗎？」

太裳轉過頭去，眨了眨眼睛。

「當然不是……青龍，你好像很生氣呢！」

太裳直盯著青龍看。天后拚命拉他的袖子，但是太裳似乎不太理解她在做什麼，偏起頭說：

「晴明去道反的事，我也聽天空翁說了，可是，聽說是有迫在眉睫的緊急事件，等他平安回來，再讓他好好反省就行了。他本人不在，你再怎麼生氣都沒有用，只會讓自己更累。」

青龍揚起了眉毛。

「現在讓我心情不好的人是你——！」

怒吼聲響起。

太裳張大了眼睛，半天說不出話來。

臉色蒼白的天后從他身後走出來，跪下來說：

「呃，對不起，青龍。」

「我什麼時候罵妳了？」

「這……」

天后被瞪得張口結舌，青龍又補上一句：

「不要為妳不用負責的事道歉。」

「是……」

天后這麼回應。太裳把手搭在她的肩上，插嘴說：

「青龍，你怎麼這樣說話呢？既然她沒有錯，為什麼要這麼嚴厲地責備她呢？」

「你沒資格說這種話吧！」

青龍齜牙咧嘴地對火上加油的太裳怒吼。

太裳的淡紫色眼睛直直地盯著青龍。這樣看了好一會兒，他突然雙膝著地，在青龍面前正襟危坐。
「青龍，對不起，我好像又惹你不高興了。」
「既然知道就要改呀！我光是煩那個蠢蛋就煩不完了。」
聽到青龍這麼說，太裳皺起了眉頭。
「青龍，再怎麼樣，也不該稱自己的主人蠢蛋吧？」
「你……！」
夾在兩人沒完沒了的唇槍舌劍之間，不知如何是好的天后，看到朱雀不知什麼時候已經站起來，正對著她招手。
她知道自己說什麼都沒有用，所以猶豫了一下，還是站了起來。
「怎麼了？朱雀。」
走到走廊上的朱雀指著隔壁房間說：
「吵成這樣，她應該聽得見，妳去看看情況。」
天后眨一下眼睛，點點頭。
「我知道了。」
然後又露出苦笑說：
「如果天一在，你就會拜託她去看吧？對不起，委屈你了，朱雀。」

朱雀眼神溫和地聳聳肩說：

「不要這麼說。」

他告訴天后自己會待在屋頂上，接著就消失不見了，因為在青龍平靜下來之前，最好跟他保持距離。

青龍還在晴明房裡，諄諄教誨正襟危坐的太裳。

回頭看到這一幕的天后輕聲嘆息著。

她敲敲隔壁房間的木拉門，傾聽裡面的動靜，但沒有任何回音。

「打攪了，小姐……」

天后先招呼一聲才拉開門，環視窗戶緊閉的幽暗房內，深吸一口氣。

她沿著牆壁慢慢移動，悄悄地拉開板窗，讓清爽的陽光照進來。

光線亮得讓她瞇起眼睛，轉過身去。

床的位置在光線勉強照得到的地方，陽光灑在光澤亮麗的黑髮上。

躺在床上的彰子閉著眼睛。

天后悄悄跪在床邊，用手指撫摸彰子陰暗的臉頰。

感覺比平常冰冷，肌膚也幾乎沒有血色。因為一直昏睡不醒，所以什麼也沒吃。

「晴明回來後，得請他來看看小姐……」

是病得太重？還是有其他原因，所以一直沒醒來？天后等神將們都無法判別。

他們也有點害怕，人類太過脆弱，不知道會不會因為自己的一時大意，弄傷了人類。

天后輕聲嘆息著，握住彰子露在棉被外的左手。棉被蓋到了她的胸口位置。

天后先把她的左手放進棉被裡，從單衣袖口隱約可見瑪瑙手環。怕她受寒，又把棉被往上拉到肩膀。天后還記得，那個手環是昌浩送給她的。

連臥病在床時都捨不得摘下來，可見有多珍惜，天后不禁會心一笑。

這幾天她發燒昏睡，連身體都沒有擦拭。醒來時如果沒發燒，也許可以幫她擦擦身體、洗洗頭髮，很久沒洗了。

「有太陰或白虎在的話，很快就乾了。」

女性的頭髮，一洗就要花上一天的時間才會乾。但是，只要有太陰他們的風，就不必花那麼長的時間。

隔壁房間還繼續傳來青龍的聲音。

天后嘆口氣，走出彰子的房間。

陽光十分熾烈，不知道出雲地方是不是跟京城一樣晴朗？

仰望天空好一會兒的天后，忽然察覺一股視線，眨了眨眼睛。

她仔細觀察四周，翠綠色的雙眸緩緩移動，落在一點上。

牆外，有棵種在巷道裡的柳樹，一隻烏鴉停在樹枝上。

烏鴉叫也不叫，只是凝視著這裡。

「那隻烏鴉……」

警報在腦中響起。

瞪著烏鴉的天后，轉身衝進隔壁房間。

「青龍。」

「什麼事？」

青龍轉過頭。他的面前是還正襟危坐的太裳，一副垂頭喪氣的樣子，看似反省中的他聽出天后的口氣不尋常，也抬起頭來。

「怎麼了？天后。」

天后跑到板窗那裡，銀色長髮往後飄揚。她從拉起的板窗往庭院望去，確定剛才那隻烏鴉還在。

「我覺得那隻烏鴉有點奇怪。」

青龍和太裳站了起來，分別走到天后的兩旁，觀察那隻有問題的烏鴉。

三個人都訝異得說不出話來。

青龍注視著停在柳枝上的烏鴉，低聲叫喚：

「朱雀——」

半晌後才有回應。

《怎麼了？青龍。》

他把烏鴉的事告訴待在屋頂上的朱雀。隔了一會兒，朱雀緊張地說：

《那隻烏鴉的氣息跟一般生物不一樣……很像那些野獸。》

青龍的眼睛閃過厲光。

天后倒抽一口氣，正要衝出去時，青龍抓住她的手，制止了她。

「等等。」

「青龍？」

青龍把回過頭的天后拉回來，對太裳說：

「我跟朱雀去看，你跟天后保護安倍家和小姐。」

太裳一鞠躬說：

「知道了。」

青龍以眼神制止想抗議的天后，就忽然消失不見了，朱雀在附近的神氣也消失了。

烏鴉發出鳴叫聲，邊嘎嘎叫著，邊拍振漆黑的翅膀，不知道飛到哪裡去了。

看著烏鴉飛走，天后滿臉沮喪地嘆口氣。

總覺得自己每次都被留在後頭。

「怎麼了？天后。」

聽見聲音，天后抬起頭，看到太裳沉穩的眼神。

「我的力量不足，所以這種時候，總是被當成後衛。剛才我明明就在青龍旁邊，他卻去找朱雀……」

天后話中帶點自嘲的意味。太裳瞇起眼睛對她說：

「青龍會找朱雀一起去，是因為有妳留在安倍家，他就放心了。」

沒想到太裳會這麼說，天后張口結舌。

太裳又呵呵笑著說：

「我沒有戰鬥能力，在天界的天空翁也是，現在我們都靠妳了，天后。」

青龍會交代他們保護安倍家和小姐，就是因為信任他們兩人。

太裳安撫地摸摸天后的頭，然後看著隔壁房間說：

「彰子小姐有沒有被吵醒？我惹青龍生氣，引發那樣的騷動，一定吵到她了……」

天后微微一笑，對擔心的太裳搖搖頭說：

「不用擔心，只是……」

說到這裡，她變得滿面愁容。

腦海中閃過剛才看到的彰子的臉。

「她臉上毫無血色，等晴明回來，要請他看看才行。」

太裳驚訝地張大眼睛。

「這麼嚴重嗎？那是……」

彰子的病症跟一般疾病不一樣，是盤據在體內的大妖窮奇的詛咒，侵蝕元氣而產生的疾病。

這是窮奇留下的可怕後遺症，必須有陰陽師陪在她身旁，隨時鎮住詛咒。

「窮奇死後……竟然還留下這個痛苦的種子……」

太裳沉重地低喃著，天后也難過地點著頭。

✦ ✦ ✦

4

夢中出現了紅色螢火蟲。

心臟撲通撲通跳得很快。
只有那個聲音在昌浩胸口響個不停。
躺在懷裡的彰子，身上插著鋼劍。
「不要阻撓我嘛！女孩。」
兇狠的低沉聲音，讓昌浩的肩膀顫抖了一下，他緩緩移動視線。
紅色雙眸的冷酷視線，正俯瞰著昌浩與彰子。
心臟撲通撲通跳動著。
曾在夢中看過的紅色螢火蟲，跟珂神比古的雙眸是同樣的顏色。
珂神感覺到昌浩的視線，冷冷地嗤笑起來。
「太好了，她救了你一命呢……就差那麼一點。」
珂神高高舉起的右手爆開了紅色火花。

昌浩屏住氣息，心臟撲通撲通狂跳。從體內產生的衝擊流過全身，帶來劇烈的疼痛。

「……禁！」

他在空中畫下五芒星，竭盡全力吶喊。

五芒星保護牆勉強擋開了玨神放射出來的紅色雷擊。但是，為了守住這道五芒星，難以忍受的痛楚在昌浩體內橫行，撼動了保護牆。

「彰子……小姐……」

呆呆站立的太陰喃喃叫喚著。

剛才彰子還在自己身旁，卻突然跑開，把手伸向了昌浩。

躺在昌浩懷裡，表情痛苦扭曲的彰子，手按著胸口下方。

呆滯了好一會兒的太陰發出慘叫聲，衝向了昌浩和彰子。

「小姐、彰子小姐——！」

她正要衝動地拔起劍時，赫然想起貿然拔劍很可能會使彰子喪命，趕緊縮回了手。

火花的啪嘰啪嘰爆裂聲震耳欲聾，太陰轉移視線，發現紅色火花正在猖狂嗤笑的玨神手上逐漸膨脹、變大。

太陰的眼中燃起憤怒的火焰。

「你這傢伙……竟敢……」

神將不可以傷害人類，不可以殺害人類，這是天條。

但是，現在站在她面前的人，真的是人類嗎？

應該說是大妖八岐大蛇的軀殼；一個失去心智、意識的肉體空殼。

憤怒的太陰從全身迸出神氣，已經到達極限的她，也不知道哪來這麼大的力氣。

「你竟敢把彰子……」

看到太陰殺氣騰騰，昌浩抓住她的手說：

「太陰……太陰，不可以……！」

體內的火焰騷動不已，隨時都有可能失去意識的痛楚一湧而上。失去鎮壓的丸玉後，再也沒有任何東西可以阻攔昌浩。

天狐的力量將燒盡昌浩的生命。

灰白色火焰從昌浩的身體冒出來。

彰子微微張開眼睛，撫摸著昌浩的臉。

「……昌……浩……」

她把手放在被劍刺傷的地方，努力發出聲音說：

「我……沒事……」

昌浩搖搖頭，說不出話來，淚水從他張大的眼睛滑落下來。

「昌浩……我真的……」

真的沒事。

為什麼會這樣呢？彰子整理混亂的思緒，拚命思考。

她抓住昌浩的手，輕搖著頭，滿臉困惑。

「我……不覺得痛……」

劍還插在身上，她卻說完全感覺不到疼痛。

「妳說什麼……」

彰子又對驚訝的太陰說了一次：

「我真的……不痛……一點都不痛，只是……」

好冷、好冷。

肌膚逐漸失去知覺，冰冷等所有感覺都在消失中。

彰子全身顫抖，覺得自己的身體很奇怪。明明是自己的東西，卻又像是完全無關的其他東西。

抓住昌浩手臂的手，也逐漸失去知覺。

昌浩發現她有異狀，努力壓抑強烈的脈動，大叫著：

「彰子……彰子！」

從昌浩身後搖搖晃晃走過來的多由良憤怒地大叫：

「住手，玕神！」

就在昌浩和太陰反射性地回過頭時，昌浩築起的五芒星保護牆也被擊碎了。雷擊炸裂，把昌浩和太陰彈飛出去。

玕神緩緩走向失去支撐的彰子，把手伸向插在她身上的劍。

「妳就快失去所有感覺了。」

「……」

把劍拔出來的玕神，毫不留情地將手指伸入被劍刺穿的傷口中。

「唔……！」

彰子發出嘶啞的慘叫聲與喘氣聲。

抵擋住衝擊站了起來的昌浩，看到眼前的景象，整個人都呆住了。

玕神不但把手伸入傷口直到手腕處，還在裡面翻攪，找到要找的東西，就把手拔了出來。

彰子的身體向後仰，就那樣緩緩倒下來，再也不動了。

「啊……！」

太陰的龍捲風與怒吼同時襲向在雨中嗤笑的珂神。手中拿著黑色物體的珂神退後閃開了。

昌浩東倒西歪地衝向淋著雨的彰子，衝向痛苦扭曲的那張臉。

怦怦，昌浩的心跳聲愈來愈響亮。他想蹲下來，把手伸向彰子，身體卻完全不聽使喚。

「唔……啊……！」

火焰在胸口深處燃燒。

多由良走向昌浩和彰子，蹲下來把頭靠近彰子的嘴巴。

「彰子……還聽得見我的聲音吧？」

彰子無力地張開眼睛，看著灰黑狼。

「多由良……我怎麼了？」

她的眼中充滿了恐懼。明明沒有絲毫痛楚，身體的熱度卻在流失中，意識也逐漸模糊。

——不用怕，這是做出來的身體。

在多由良體內的茂由良說出這件事，希望能安撫她。

彰子眨了眨眼睛。

她被帶來這裡時，穿著從來沒看過的衣服，隨時戴在左手腕上的手環也不見了。

——我們是靠玕神的力量，只帶走妳的靈魂。妳的身體還在京城，好端端地存在著。

為了把八岐大蛇留在這世上，需要祭品。

如果道反女巫的女兒是完整體，那麼，用她一個人當祭品就夠了。她的身體可以讓大蛇再度降臨，而且把大蛇的魂魄留在這世上。

偏偏她的靈魂脫離了軀殼。

荒魂另外選中的祭品，就是彰子遠在京城的靈魂。

——荒魂說妳的靈魂是極品。

說到這裡，茂由良沮喪地垂下了耳朵。

——我跟多由良都以為那麼做是對的……老實說，現在也不知道怎麼做才是最好的。

彰子瞇起了眼睛。她聽見風聲、雨聲、樹木被推倒的轟隆聲，看到龍捲風揚起漫天沙塵，雷擊呼嘯而過，劃破天際，是太陰的風在追殺玕神。

她把視線轉向拚命壓抑天狐之力的昌浩，很想告訴呼吸急促的昌浩，自己沒有怎麼樣。

「昌……浩……」

聲音逐漸出不來了。形成身體的力量正一點一點流失，從手指開始發黑，然後碎裂、瓦解。

——珂神拿走了核心鋼，所以彰子的形體撐不住了。

剛才被挖出來的物體，就是用來封鎖彰子靈魂的東西。

昌浩虛脫地跪下來，在喘息間詢問：

「妖狼……彰子怎麼了?!」

彰子蠕動嘴唇，想告訴大驚失色的昌浩，自己沒怎麼樣，但是喉嚨已經失去了作用。

「……良……」

不知道她在呼喚多由良還是茂由良？或著兩者都是？

彰子努力想發出聲音，狼把耳朵湊向她的嘴巴。

「……你們……的……實……不……」

多由良瞠目結舌，不可思議的言靈灌入耳朵，在胸口擴散開來。

它驚訝地看著彰子，只見她淺淺一笑，輕輕點了點頭。

在多由良體內的灰白狼眨了眨眼睛。彰子斷斷續續發出來的聲音，沒有形成話語。

——彰子，妳說什麼……

昌浩伸出手，握住彰子的手，看著她的身體碎裂、瓦解，看著她的眼睛。

為了逃跑而割掉一半的頭髮，也快化為沙土了。

彰子發現昌浩在看什麼，動動眼皮，好像想告訴昌浩什麼。

就算沒有說出來，昌浩也能瞭解。

她是說，她不後悔割斷頭髮，不過，也很開心自己的本體還在京城，頭髮沒有發生任何意外。

還有，她很慶幸，沒有弄丟昌浩送給她的手環。

彰子垂下了眼睛，蒼白的臉瞬間化為沙土，被雨水衝散了。

在灰黑狼體內的茂由良的聲音，昌浩也聽見了。

「彰子……沒事嗎？」

狂亂的情感點燃了體內深處的天狐之火。昌浩好幾次深呼吸，試圖壓下火焰。多由良對他點點頭說：

「她的軀殼在京城……我們是靠荒魂的力量，只帶走了她的靈魂，然後把靈魂鎖住，等待時機到來。」

雷聲轟然大作，同時響起狼的嗥叫聲。

多由良慌張地掃視周遭。現在它只剩下站起來的力氣，沒辦法作戰，也逃不了。

「你這個叛徒，竟然把祭品的秘密告訴敵人……」

真赭的雙眸像凍結的火焰，直直瞪視著灰黑狼，眼中看不到絲毫的親情。

多由良搖搖晃晃地站了起來。

「母親……」

慈祥的母親有時也會嚴厲地責罵它們，但終究是它們的母親。

紅毛狼的眼神毫無感情，兇狠地說：

「讓開，多由良，那兩個孩子會阻礙我們完成誓願，必須殺了他們。」

真赭的嗥叫穿越雨的縫隙，響徹雲霄。大地發出鳴響，與真赭的聲音相呼應，那是呼叫荒魂的聲音。

多由良轉向昌浩，神色慌張地叫著：

「昌浩，珂神手上的核心鋼裡裝著彰子的靈魂。如果那東西被獻給荒魂的話，彰子就會……」

昌浩倒抽一口氣，撲通撲通的心跳就要貫穿胸口。

等一下，再等一下，拜託！

絕不能讓天狐的力量失控。現在失控的話，就沒辦法救彰子。

「珂神……比古！」太陰推倒樹木跳出來，「看招——！」

受到風矛直擊，粗大的樹木被劈成兩半，轟然倒下。珂神從樹根旁跳開，揮舞著手上的鋼劍，縱身跳躍，雙腳靈活地往樹幹一踏便飛跳起來，飛到了太陰頭頂上，揮起鋼劍。

「……唔！」

「禁！」

對著驚慌的太陰揮下來的劍，被昌浩的禁咒彈了回去。

被遠遠拋出去的珂神畫出一條弧線，掉落在樹木的縫隙間，真赭趕緊追了上去。

太陰轉移視線，看到全身濕淋淋的昌浩正打著刀印。

「昌浩！」

太陰降落後，發現彰子不見了，頓時臉色發白。

「小姐呢？彰子小姐到哪兒去了？」

「太陰，那是……」

聽完昌浩的簡短說明，太陰瞪大了眼睛。

「那麼，小姐暫時沒事？」

太陰呼地鬆口氣，灰黑狼又接著說：

「要盡快奪回珂神手上的核心鋼才行。」
八岐大蛇已經再度降臨，現在只要得到她的靈魂，就沒有人可以再把大蛇送回黃泉之國了。
不遠處才剛響起咆哮聲，殘破不堪的第六個頭就出現了。
燃燒著憤怒的視線射穿昌浩。
真赭放出來的魑魅也同時發動了攻擊。
「唔……哇！」
昌浩抓住太陰，調整呼吸。差點站不穩的太陰發現昌浩的樣子不對，臉色蒼白地說：
「昌浩，丸玉呢？總不會……」
昌浩透過衣服按著胸口，默默搖搖頭。
丸玉碎裂了。但是，還有另一樣東西守護著他。
「我要……奪回彰子的靈魂！」
昌浩握緊香包，暗自祈禱能把持住人類的心、人類的生命。若是失去這些，他就救不了彰子了。
多由良看著昌浩的樣子，忽然一咬牙，轉身衝了出去。

「多由良？」

它只對昌浩說了一句話：

「我要救彰子。」

說完就拖著虛弱的身體，往玎神和真赭消失的方向跑走了。

安倍晴明把附近常綠樹的樹枝插在地上，盤膝而坐，在胸前結印。

他要召喚比古眾神的力量，驅逐下雨的雲層。

然而，這裡已經被雨玷污，沒有清靜的地方。所有被雨淋濕的東西都沾染了污穢，找不到東西可以成為神的附體。

勾陣不放心丟下晴明，默默看著他在做什麼。

三種玉石串成的御統在她手上，只要交給騰蛇，就能強化騰蛇的力量。但是，光這樣還是無法殲滅妖力無窮的大蛇。

只要雨繼續下，大蛇的妖氣就會源源不絕。

必須用住在出雲的比古神的力量，驅散這些由九流族的意念召來的雨雲。

晴明坐在用常綠樹枝畫出來的圓圈中央。以樹枝畫出來的線很快就被泥土掩蓋，看不見了，但是晴明注入線內的靈力，化成了隱形的線。

勾陣和送他們來的大蜈蚣都屏氣凝神地看著。

晴明擊掌兩次，雙手合十，閉上眼睛，低聲唸起神咒。

「……啊，恭請比古諸神……」

聲音非常微弱，但不輸給傾瀉的雨聲，灌入了勾陣耳裡，言靈縈繞不絕。

「降臨神所在之處……」

再次拍響手掌時，被雨淋濕的常綠樹搖晃起來，搖晃方式跟之前完全不一樣。好幾片葉子窸窸窣窣作響，搖晃得非常不自然。

閉著眼睛的晴明正集中全副精神。

風向變了。勾陣全身起雞皮疙瘩。飄蕩的大蛇妖氣似乎有減弱的趨勢，逐漸淡化、稀薄、消逝。

「……八方神息，神感息徹，長全大分之一，六可之靈結……」

冰冷的氣息從地底下窸窸窣窣地冒出來。大蜈蚣似乎有些焦躁不安，蠕動著無數的腳。

打赤腳的勾陣也感覺到腳底下那股氣。比古神是國津神，所以氣是透過大地匯集起來。

「……水者形體之始，神者氣之始，水者精之本，神者生之本也。五火四達長幸之

堅，五木下立遠年之台，三土昇氣風感之速，白方金光入幸之全……」

無形的圓圈以晴明為中心，閃爍著白光。

莊嚴的神氣長嘯著從土裡湧上來。

「請帶來金木水火土之神靈、嚴之御靈……！」

老人朗朗唸著神咒，擊掌兩次，劃破空氣。

銀白色的光芒「咚」地從地底下衝上來，圍住了晴明的身體。

不由得舉手遮擋光線的勾陣大驚失色。

「晴明……！」

帶著強烈神氣的銀白色光芒，以盤坐的晴明為起點迸放，衝向了天際。

被貫穿的烏雲形成圓洞，從接觸光芒的地方逐漸往外擴張。

隧道入口處的雨停了，恢復了光亮。

但是，烏髮峰附近還籠罩在深夜般的黑暗中。

勾陣喘口氣，準備離開。

就在這時候，背後有聲音說：

「勾陣，妳打算丟下我嗎？」

勾陣驚訝地轉過身來，看到年輕模樣的晴明站在她面前。

老人依然盤坐在綻放光芒的圓圈裡。

「晴明?!」

竟然在法術施行中脫離了軀殼。

晴明對豎起柳眉的勾陣說：

「我的身軀成了神的附體，只要這個附體在這裡，就可以靠比古神的力量掃去烏雲。」

但是晴明是活生生的人，用來當神的附體，有一定的時限。

晴明回頭拜託大蜈蚣守護這個結界，打起手印。

「召喚風神。」

看不見的神用風圍住了晴明和勾陣。

「晴明，不要逞強。」

年輕人笑著對拉下臉來的勾陣說：

「現在是分秒必爭的時候，事後再聽妳說教，要說多久都行。」

勾陣嘆了一口氣。

被風包圍的兩人飛向了烏髮峰。目送他們離去的大蜈蚣，思緒也飄向了還像黑夜般的遙遠地方。

道反公主風音，現在應該正與敵人對峙中。

「……公主，求求妳……」

求求妳，一定要平安歸來。

5

不管怎麼攻擊、造成多大的損傷，大蛇都很快就重生了。

因為重重打在身上的雨，會給八岐大蛇力量。

紅蓮釋放的煉獄之火，形成火柱向上竄升。

「看招！」

鮮紅的火蛇分成好幾條，分別撲向第一個頭與第二個頭。大蛇扭動身軀，甩開纏上來的火蛇，張開血盆大口咆哮。

劃過烏雲的雷電直接打向了紅蓮。

「可惡！」

爆出神氣反彈回去的紅蓮，抬頭對飛在空中的白虎大叫：

「白虎！有沒有看到昌浩他們？」

白虎很快地掃視一圈，搖了搖頭。由於黑暗和下雨的關係，視線不太清楚。

紅蓮心浮氣躁地低聲咒罵著：

「那幾個蠢蛋……！」

去追珂神比古與大蛇的昌浩，和跟著追上去的太陰，都還沒回來。

「千萬不要出事啊……」

吐氣時喃喃自語的紅蓮，肩膀劇烈地上下抖動著。

不管被火焰纏繞多少次，大蛇的頭都會重生，再次發動攻擊。剛才被白色火焰龍吞噬的第四個頭和第五個頭，目前還沒有再動起來，但是，可以看到焦黑的表皮正在慢慢重生。

「真是的，沒完沒了……！」

上空的白虎用風矛攻擊升上高空的第二個頭。受到神氣凝聚體攻擊的第二個頭失去平衡，大大搖晃傾斜。就在這時候，白虎的真空氣旋爆開來。

佈滿硬鱗片的大蛇身體被真空氣旋撕裂。蛇體發出轟然巨響，倒在樹木之間，被撞倒的樹木蓋住了。

剛才太陰的風在烏雲開出來的洞又密合了。一般的風還是不行，必須想辦法驅散烏雲，否則他們的力量會先耗盡。

紅蓮擦拭摘掉金箍的額頭，不耐煩地甩開雨水。這麼做也沒能讓自己好過一點，但是滴進眼裡的雨水真的很礙事。

白虎飛下來，張大眼睛大叫：

「騰蛇，後面！」

推倒樹木向前衝的第三個獨眼蛇頭一看到紅蓮，就激動得狂亂起來。可怕的咆哮聲轟然震響，血盆大口逼近，眼看著就要吞噬紅蓮。

紅蓮咂咂嘴，舉起右手召喚火焰，鮮紅的火焰在他手中改變了形狀。燃燒的火焰化成又長又粗的紅劍，雙手握住劍柄的紅蓮，對著蛇頭揮砍下去。兩隻手臂都感覺到劇烈的反作用力。紅蓮以全力頂住，從大蛇的嘴角一直線切開。嘴巴裂開到脖子的大蛇慘叫著扭動蛇體。傷口被火焰形成的劍灼燒，化成了灰炭。

紅蓮收回劍，再把劍投進痛苦掙扎的蛇頭嘴裡。

劍深深刺進大張的嘴巴裡，瞬間失去了形體，變成燃燒的火焰。熊熊燃燒的火焰從喉嚨燒到體內，大蛇全身顫抖慘叫著。白虎的神氣又打在冒著黑煙扭動的蛇體上，第三個頭像斷了脖子般，歪七扭八地消失在森林裡，應該沒那麼快復活了。

白虎衝到呼吸急促的紅蓮身旁，環顧四周。

風音與六合把大蛇交給他們後，就跟真鐵作生死鬥到現在。

看到樹木縫隙間的刀光劍影，白虎倒抽了一口氣。

在近乎夜晚的黑暗中，風音跟真鐵已經大戰好幾回合，雙方的攻擊力卻絲毫都沒有減弱。

風音是神的女兒，所以沒話說。然而，真鐵是個人類，難道那彷彿源源不絕的體力，也是來自八岐大蛇的庇護嗎？

地面震動鳴響，倒下來的大蛇淋著雨，又一點一點重生了。

「剛才打倒的是哪個頭？」

氣喘如牛的紅蓮問，白虎搜索記憶說：

「大概是第三個頭吧！」

第六個頭跟珂神比古一起消失了，第七、第八個頭也隨後跟去了。白虎和紅蓮也都想追上昌浩，但是被第一到第五的蛇頭攔住了。

「……白虎。」

紅蓮叫喚正盯著風音與六合的白虎。

「怎麼了？騰蛇。」

從來沒有這麼疲憊過的紅蓮，小心觀察四周說：

「對不起，我快撐不住了。」

白虎大吃一驚。

「不要開玩笑了，在這種狀況下少了你……」

「我看起來像在開玩笑嗎？」

紅蓮打斷白虎的話，擦著額頭。不只是因為與大蛇對峙，這場雨也重重削弱了他的神氣。

「我跟大蛇八字不合，不管我怎麼攻擊，它都會輕易地活過來，這樣下去沒完沒了，我會先倒下。」

神將的力量不是永無止盡，而且……

紅蓮看看四周，神情凝重地說：

「那傢伙的妖氣又增強了……可見本體就在附近。」

「啊！」

白虎也注意到了。

可能不只蛇頭，而是連軀體、八個尾巴都成為實體了。到目前為止，只有蛇頭是實體，所以大蛇一直滯留在鳥髮峰。完全成為實體後，情況就不一樣了。

對於長期以來封住自己鱗片的道反聖域，八岐大蛇不可能沒有怨恨，難保它不會去那裡報復。

貫穿烏雲的閃電伴隨著轟隆巨響。刺耳的雷鳴，就在頭頂上震響，彷彿這片土地在慶賀八岐大蛇荒魂的再度降臨。

「雷電也站在大蛇那邊？」

白虎不屑地嘟囔著。紅蓮對他搖搖頭說：

「那是大蛇召來的雷電……」

說到這裡，紅蓮神情嚴肅地瞇起了眼睛。

「而操縱大蛇的是珂神比古。」

紅蓮的語氣十分平靜，讓白虎一陣戰慄。因為太過平靜，可以聽出他話中蘊涵的意思。

「喂，騰蛇，你可不要亂來。」

「那是最後手段。」

沿著地面傳來的震動嗞嗞作響，從腳底爬上來。

兩人同時向後轉，狠狠瞪著正要撲向他們的大蛇的雙眼。

「真難纏！」

不知道是第幾個頭，唯一可以確定的是，因為雨的妖氣又復活了。

白虎的風捲起漩渦，紅蓮的右手也噴出了煉獄火柱。

已經不記得究竟大戰了多少回合。

六合簡短地對喘著氣備戰的風音說：

「風音，不要太逞強。」

風音接住真鐵揮過來的劍，反撥回去。趁真鐵後退時，她又抓緊時機，把劍由下往上揮。

劍擦過真鐵的胸口，濺出鮮血。

但是真鐵面不改色，瞄準風音的喉嚨，反轉手腕擊劍。風音輕鬆地接住呼嘯而來的劍，反彈回去。

兩人同時向後退，重整態勢，又幾乎在同一時間踏地躍起，濺起火花。

打消耗戰，對風音不利。剛甦醒的她，基本上沒什麼體力，現在是靠意志力在支撐，不知道還能撐多久。即使有六合的協助，要跟劍術高超的真鐵勢均力敵，還是需要健全的身體。

邊抖動肩膀喘著氣，邊重新握好劍的風音，瞥一眼手上的劍，露出驚訝的神色。

「為什麼……」

這把劍沒有失去清淨的力量。

就是這把原屬於真鐵的劍，攻擊了道反聖域、與昌浩交鋒，還貫穿了自己的胸口。

這是一把具有神氣的神劍，可能是在鑄造時注入了神氣。

九流族的神是八岐大蛇，應該會注入他們稱為荒魂的大蛇之力，風音的手卻感覺不到一絲絲的妖氣，只有清淨威猛的力量。

出雲有很多比古神，她知道有祭祀這些神明的比古人民，但是，這些人幾乎不與其他部族往來，所以她完全不瞭解他們的神是怎麼樣的神。

不過，身為國津神的比古神，既然是神，就應該具有清淨的力量。

不是大蛇那種可怕的妖氣，而是粗獷的神氣。

被注入這把劍的，就是那種豪放的力量。

「九流族的真鐵……」

風音拚命緩和呼吸，叫喚真鐵的名字。真鐵擺出無懈可擊的架式，沉默地看著她。

風音的聲音帶著強烈的言靈，莊嚴地迴響著，彷彿淡化了大雨的妖氣。

「你們祭拜的神，真的是八岐大蛇？」

真鐵被問得呆住了，微微張大眼睛，瞪著道反公主。

不過，也只是一瞬間而已，他很快重新握好因雨水而滑動的劍柄，以銳利的眼神射穿風音。

「只有荒魂是我們絕對的唯一神明，道反公主，妳問這種事幹什麼？」

真鐵向前跨出了一步，劍如疾風般刺過來。六合滑入兩人之間，以銀槍反彈回去。

真鐵假裝劍被彈回，乘機以劍纏住銀槍，用力將銀槍撥飛出去。
銀槍從六合手中被拋飛出去，旋轉了好幾圈。
真鐵的劍刺向了六合胸口。
「彩輝！」
在慘叫的風音面前，六合以毫釐之差閃過鋼劍，拋出靈布遮住了真鐵的視線。
真鐵往下蹲，從低於腰際的地方跑走，抓也抓不到。
衝出來的真鐵，劍與風音的劍相撞擊。
刀鋒相接，贏的是真鐵。風音敗在腕力，劍從手中彈飛出去。
「這次妳死定了！」
風音打起刀印。
「風刃！」
銳不可當的靈力化為無數刀刃，把真鐵全身割得傷痕累累。
「縛縛縛，風縛！」
風捆住了真鐵，把他固定在地面上。
「唔！」
風音雙手著地大叫：

「百鬼破刃！」

「……唔！」

真鐵覺得彷彿有冰針從腳底竄上來，貫穿了全身。痛得他忍不住低聲呻吟，表情扭曲變形。

風音無力地跪倒在地上。真鐵的身體也往下沉，他順勢翻滾幾圈，又喘著氣重新站起來。

盯著他看的風音，沒有辦法馬上採取行動。因為下雨的關係，全身冰冷。

「風音！」

眼角餘光看到六合往自己衝過來，風音使勁地站起來，不想讓六合看到自己虛弱的樣子。

神將不能攻擊人類。一旦觸犯天條，他們的心就會受到束縛。

傷害人類、殺害人類的神將，看似沒有受到任何苛責，其實，他們的心會一點一點被腐蝕。觸犯天條的記憶，會像經過漫長歲月穿鑿岩石的水，逐漸腐蝕他們的心與靈魂。

這麼一來，神將們的神氣就會蒙上陰影。儘管居眾神之末，還是會愈來愈接近與神相對立的魔。

他們本身應該沒有這樣的自覺，人類也看不出來。

風音是神的血脈，所以可以看得見。

觸犯天條的神將，在活著期間，隨時都有誤入歧途的危險。

紅蓮與六合都有這樣的危險。

「我不希望你……」

夾雜在雨中的低喃，被風吹散了。

醒來後，她一直在想，身負重罪的自己可以做什麼？又該做什麼來贖罪？

響起「啪唏」的微弱聲音。她沉溺在自己的思考中，只是很短暫的時間，真鐵卻沒有放過這個間隙。

風音赫然抬起頭，看到真鐵高舉的雙手之間冒出銀白色火花，倒抽了一口氣。

「啊！」

她完全來不及閃避直落下來的雷擊。

深色靈布滑落在瞠目結舌的她面前。

真鐵的雷擊被翻騰的靈布彈開。

「彩輝！」

六合回頭看一眼臉色蒼白的她，簡短地說：

「不用擔心。」

「可是……！」

「放心吧！」

稍微瞥過的右手有紅色血跡，可能是皮膚有裂傷。

真鐵乘機高高躍起，與六合、風音拉開距離，單腳著地。

他的肩膀劇烈地上下抖動，二對一還是太吃力了。

「要趕快解決他們……」

他必須摧毀礙眼的道反勢力，趕回大王身邊。降落在珂神身旁的魑魅應該是真赭放出來的。究竟發生了什麼事？九流族的誓願就快實現了啊！

八岐大蛇荒魂已經再度降臨，只等獻上祭品了。

獻上祭品後，荒魂就不會再回黃泉之國，永遠留在這世上，成為九流族的守護神，保護九流族。

沒錯，保護所有族人。

忽然，真鐵莫名地覺得好笑。

九流族早就滅亡了。能祭拜神明的人民，只剩下珂神與真鐵。

而珂神也已經覺醒，成了荒魂第九個頭的化身。能稱為九流族子民的人，只剩下真

鐵一個。

真鐵認識的珂神比古，再也不會回來了。真鐵從八歲開始努力培育、一起生活到現在的少年，再也不會回來了。

「……比古……」

喃喃自語的真鐵握起了拳頭。

剎那間，腦海裡響起可怕的聲音。

——珂神比古。

真鐵倒抽一口氣，仰望天空。

密佈的烏雲裡，已經看不到紅色螢火蟲。

然而，真鐵卻清楚地看到了八對眼睛。

「荒魂……！」

——珂神比古啊……

九流族是大蛇之子，是在神治時代時，得到大蛇的血，將這分血脈傳承下來的人們。

他體內的九流族之血、潛藏在九流族血脈中的大蛇之血，緩緩地騷動起來。

耳朵深處響起荒魂可怕的言靈。

——你是珂神比古。

「……不，我是真鐵！」

真鐵不由得大叫。荒魂以堅決的語氣又對他說了一次：

——不，你是下一代珂神比古。

真鐵瞠目結舌。

「什……麼？」

荒魂的聲音只有珂神比古聽得見，真鐵卻聽見了，這件事有點奇怪。

珂神比古只有一個，上一代死後，才會由下一代繼承這個名字。

想到這裡，真鐵覺得全身血液瞬間往下流失。

「難道是大王……?!」

八對紅色螢火蟲在真鐵的胸口飛舞。

心臟撲通撲通狂跳不已。

——珂神比古，你要履行約定。

——把你的身體交給我們。

荒魂的聲音層疊繚繞，掩蓋了真鐵的心。

——一點都不難吧？你曾經擁有珂神比古的名字。

真鐵的心狂跳不已。
在珂神出生前，他曾被稱為珂神比古。
前代大王一直沒有小孩，所以遵從荒魂的指示，指定旁系的男孩為繼承人。
真鐵也曾經是荒魂選出來的肉體容器。
然而，當血比他更濃的族長的直系孩子誕生時，荒魂又下了一道指示。
旁系男孩不再是珂神比古，被改名為真鐵。
這是前代大王取的名字。
——你要馬上繼承珂神比古這個名字。
——履行約定。
——履行約定。
「怎麼會這樣……！」
真鐵猛搖頭，轉身飛奔出去。

「真鐵？」
看到真鐵忽然脫離戰線，風音與六合都一頭霧水。
雷光不斷閃過天際，雷聲也響個不停。妖氣已經到飽和狀態，連呼吸都有點困難了。

風音看著不時升起的鮮紅火柱，皺起眉頭說：

「騰蛇能做到什麼程度呢？」

六合眨眨眼睛。

風音不是瞧不起紅蓮，而是在衡量，面對八字不合的蛇神，火將騰蛇的煉獄之火可以發揮多大的效果。

以前，騰蛇被屍鬼附身時，她也嘗過煉獄之火的滋味。

仰望天空的風音瞇起了眼睛。

「如果這場雨繼續下，大蛇就會不斷重生，該怎麼做……」

忽然，她停頓下來，遙望著北方天際。

有根灰白色的柱子朝天而立。仔細看，烏雲正以柱子為中心，逐漸消散中。

順著風音的視線望過去的六合也眨眨眼睛，嘴裡唸唸有詞。

柱子散發出來的波動，是來自他非常熟悉的人。

「晴明，你又亂來了……」

風音看著眉頭深鎖的六合，神情緊張地說：

「我們要殺了珂神與真鐵，殲滅大蛇，快走吧！」

她毅然決然地說完，轉身就要離去，卻被六合一把抓住。

「彩輝？」

風音轉過頭來，黃褐色的眼睛直直注視著她。

「不必弄髒妳的手。」

風音驚訝地倒抽一口氣，搖搖頭，垂下眼睛說：

「不，我不能讓你們觸犯天條，只有我能與人類交戰。」

她把手疊放在抓住自己一隻手的六合手上。

「這是我決定的事。騰蛇其實不想原諒我，卻試著原諒我，所以我想報答他這分心意。」

努力表達想法的她，眼中有著太過執著的危險。要她改變心意，恐怕很難。

六合輕輕嘆口氣。自己被神將的天條束縛著。雖然背負著血淋淋的罪行，但他絕對沒有偏離理性的枷鎖。

他不想讓風音背負起這一切，卻不得不這麼做，他恨這樣的自己。

兩人撿起地上的武器，追逐真鐵的行蹤。

6

灰黑狼死命地跑，平常的它身體更輕盈，可以像風一樣疾馳。現在，傷痕累累的身體完全不聽使喚。

當腳步蹣跚、眼前發黑時，它就停下來，甩甩頭，再繼續往前跑。

「珂神……你在哪裡……」

在氣喘吁吁的多由良體內的茂由良擔心地說：

——多由良，你還好吧？對不起，我什麼忙也幫不上……

多由良彷彿看到茂由良垂下耳朵的樣子，苦笑起來。

「你不用做什麼……」

看不見身影也沒關係，只要你待在這裡就行了。

我說要把身體給你，是說真的。我死後，你依附在這個身體上，你的靈魂就可以永遠留在這世上了。

茂由良發現多由良在想這件事，不由得生起氣來，兇巴巴地說：

——對了！多由良，不准你再說那種話！

抖動耳朵的灰黑狼，被看不見身影的灰白狼罵了一頓。

——不准再說你會死，或是要把身體給我！你一定會好起來，不可以再想那種事！

氣咻咻地說完後，茂由良的聲音變得有些沮喪。

——要不然，真鐵和珂神會傷心。

多由良瞇起了眼睛。

啊，你還相信？相信珂神會回到原來的他？

「茂由良……珂神他……」

他用雷電把你的屍體擊得粉碎啊！那個溫柔的珂神，絕對不會做這種事。

你應該也知道吧？他已經不再是我們的珂神了。

在他們眼前的是嗤笑著刺殺彰子的珂神。以原來那個少年的性情，絕對做不出這種事。

多由良也很想相信他會回到原來的他，但是那雙眼睛、那雙閃爍著紅光的眼睛，那可以說是象徵荒魂的顏色，粉碎了多由良的希望。

他下垂的耳朵聽到弟弟說話的聲音。

——多由良，我好怕荒魂。

灰白色的身影浮現眼前，還有那個初夏的日子，弟弟與珂神在峰頂上沉睡的模樣。

忽然想起這些，讓它百感交集。

——我想珂神一定也很怕，因為他有時會露出那樣的表情。

所以，茂由良曾經想過……

太害怕時，是不是可以把身體蜷縮起來，屏住氣息，靜靜地等待害怕的東西離去。

那麼做，是不是就能讓自己看起來像是消失不見了？

——他會回來的，因為我們有過約定啊！

小時候，多由良和茂由良曾經發過誓，他們會在一起，會永遠在一起。

珂神和真鐵都點頭表示贊同。

——我們說好要在一起，所以珂神會回來的。

茂由良深信不疑，它會相信到最後、最後一刻。

多由良看不見的灰白狼抬起了頭。

——真鐵一定也有他的理由，要不然不會……

多由良皺起了眉頭。

「真鐵？真鐵怎麼了？茂由良。」

茂由良驚覺自己說溜了嘴，慌張得語無倫次。

——嗯、啊、呃，沒什麼。

那麼慌張的樣子，引起多由良的懷疑，他逼問弟弟：

「快說，到底怎麼回事？」

茂由良緊閉嘴巴猛搖頭。

……

「茂由良，到底是……」

就在焦躁的多由良拉高嗓門大喊時，淡然的說話聲跟雨聲一起從頭頂上傳來。

「我來告訴你吧！狼。」

右手拿著鋼球的珂神翩然降落在驚訝的多由良面前。濕淋淋的身體很難不變得沉重，珂神卻好像愈淋愈有精神。

「雨會給我們兄弟無限的力量……而九流族人民愚蠢、無知的心，也會成為我們的力量。」

多由良全身戰慄。

神明是無情的存在。然而，九流族人民是誠心祭拜荒魂的唯一族人，沒想到荒魂會這麼冷酷地評價他們。

「珂神……珂神比古……」多由良提起勇氣控訴：「你為什麼可以說得這麼殘酷？九流族是唯一祭拜你的比古之民，你卻……」

在少年體內的大蛇意志冷冷地看著遍體鱗傷的妖狼。

「你幹嘛問這種事？你就快死在這裡了，問了也沒意義吧……你不過是隻野獸，光是跟我這個神說話，就是僭越了。」

珂神高舉的左手濺出紅色火花。

雙眼炯炯發亮。

揮下的手指射出雷光，多由良在地上翻滾閃避，全身泥濘地站起來。無數的雷擊不停地打過來，不小心被雷擊灼傷時，多由良就會發出短短的慘叫聲。

——珂神、珂神，快住手！

珂神聽不到茂由良的叫聲，因為八岐大蛇荒魂根本不屑聽到妖狼的聲音。

看到狼拚命閃躲，珂神輕蔑地嗤笑著說：

「你在跳狼舞啊？真有趣，再跳精采一點吧！」

雷擊爬過地面，把多由良遠遠拋出去。千瘡百孔的多由良背部著地，摔進泥濘裡，濺起泥沫。

響起重重的撞擊聲，灰黑妖狼張開四肢趴在地上呻吟，珂神默默地走向它。

「唔……珂……」

珂神踹了氣喘吁吁的多由良一腳，單腳蹲下來說：

「你不過是隻野獸，不准叫我的名字，聽了就噁心！」

右眼濺到泥濘而張不開的多由良，用左眼看著珂神。

紅色雙眼也看著狼。

抵放在彎曲膝蓋上的右手，握著裝有彰子靈魂的鋼球。

多由良屏住了氣息。

「唔……！」

扯開嗓門大叫的多由良，一口咬住了珂神的右手。

沒想到會遭到反擊的珂神來不及反應，右手一陣痛楚，鋼球就從失去力氣的手中滑落下去。

多由良咬住啪沙落地滾動的鋼球，猛然往前衝。

看到右手的咬痕，珂神吊起了眉梢。

「竟敢對我珂神比古如此無禮！」

珂神仰天怒吼。

「兄弟們，吃了狼和鋼球！」

然後猙獰一笑。

「我們將永遠留在這世上，吃掉所有生物。這就是九流族的願望；這就是那群笨蛋

不惜讓我們復活，也要實現的誓願。」

從樹木縫隙間傳來的幾聲咆哮，是兄弟們在說「我在這裡」。

珂神比古緩緩踏出步伐，去追灰黑狼。

潛入地底行進的蛇頭，從紅蓮面前竄出來。

沒踩穩的紅蓮差點跌倒。雷擊隨著大蛇的咆哮打下來。

紅蓮單手撐著地反轉避開雷擊，掃視周遭，咬住了下唇。

剛才，天狐的波動震動大氣，一直傳到了紅蓮他們這裡。

可見昌浩出事了，總不會有生命危險吧？

紅蓮急著去跟昌浩會合，第五個頭卻纏住了他和白虎。

對於大蛇，兩名神將唯一的失策，就是沒想到它如此難纏。

紅蓮和白虎不屈不撓地迎戰著從雨水中得到無限力量的大蛇。

暴躁的大蛇一咆哮，像大樹般的雷電就擊向了紅蓮。

「唔——！」

以神氣保護牆擋住雷擊的紅蓮抬起頭時，忽然一陣頭暈目眩。

視野搖晃了一下，膝蓋差點彎下來，他趕緊集中精神撐住。

「唔……可惡！」

呼吸急促。召喚來的火柱咻地吞下了蛇頭。痛苦掙扎的大蛇，慘叫聲撼動大地，幾乎震破紅蓮的耳膜。

在空中邊飛翔邊閃躲蛇頭的白虎看到那樣的景象，瞪大了眼睛。

「騰蛇！」

無數閃著銀白色光芒的雷擊朝向白虎打過來。儘管避開了直擊，風的保護牆還是被擊碎了，白虎搖搖晃晃地傾斜墜落。

他在撞擊地面前重整姿態，總算安然著地。正等著他的蛇頭張開血盆大口，從地面滑行過來。第四個頭把被推倒的樹木撞飛出去，襲向了白虎。

風矛刺進蛇頭大張的嘴巴。被刺破喉嚨的蛇頭向後仰倒，跟從後方衝上來的第五個頭撞在一起。兩個頭發出轟隆巨響，沉入了地底下。

單腳著地的紅蓮一個深呼吸，抬起頭，疲憊不堪的眼中閃爍著銳利的光芒。

「這隻怪物……！」

白色火焰龍向上攀升。

心跳隨著急促的呼吸不斷增強，紅蓮緊咬著嘴，犬齒咬傷嘴唇，滲出血來。下個不停的雨很快洗去了鮮血，潛藏在每滴雨中的可怕妖氣，逐漸削弱著紅蓮的通天之力。

對付五個蛇頭，光靠他跟白虎，實在不勝負荷。

紅蓮邊放出火焰龍邊往後退，以神氣彈開滑過來的第一個頭，喃喃說著：

「有誰……」

有誰可以成為即時戰力呢？腦中閃過一個身影。可是，不行，那傢伙還沉在湖底下，即使醒過來了，神氣也沒那麼快恢復。

而且就算醒了，也要花很長的時間，才能從風將不在的聖域來到這裡。

「……」

不由得想呼喚那個名字的紅蓮，焦躁地甩了甩頭。

正與兩個頭交戰的白虎瞥了他一眼。

大蛇的頭從三方衝過來，紅蓮倒抽了一口氣。因為地勢的關係，腳站不穩，膝蓋沒辦法用力。

三對眼睛顯然對勝利充滿了信心，紅色雙眸閃爍著喜悅。

瞬間——

「騰蛇！」

叫喚聲劃破了蛇體發出的笨重聲與颼颼風聲，紅蓮頓時呆住了。

劍身彈開雷電閃光，往上揮起。

兩個被風纏繞的身影在紅蓮背後降落的同時，迸出了淒厲的神氣。

「嗡——！」

被雨淋得鬆軟的大地上，刻劃著銀白光閃爍的五芒星。上升的靈氣形成保護牆，彈開了衝過來的大蛇。

紅蓮轉過身去，幾乎是半茫然地看著兩人。

使用了離魂術的年輕晴明，還有應該被紅蓮沉入了湖底的那個人，正表情嚴肅地看著紅蓮。

「晴明、勾，你們……」

紅蓮說到這裡就說不下去了，勾陣板著臉說：

「我現在沒時間跟你算帳，但是你給我記住，我一定會讓你三倍奉還。」

「等等，為什麼會是這種結論？」

勾陣不理會瞪大眼睛的紅蓮，瞪著昂揚的蛇頭。總共有五個蛇頭，白虎正與其中兩個交戰，邊閃躲邊往這裡來。

「是哪個傢伙說使出全力可以打倒四隻的？白癡。」

「那些蛇頭不管打倒幾次都會復活啊！」

「不要找藉口。」

「妳可不可以好好聽我說話！妳……總不會是在生氣吧？」

勾陣瞥紅蓮一眼，尖銳地回答：

「當然生氣，要我原諒你，就快點殺了大蛇。」

「什麼啊……」

紅蓮正要抗議勾陣的不講理時，忽然一隻手伸到他前面。

御統發出清脆的聲音搖晃起來。勾陣握著御統的手微微顫抖著。

「這是什麼……」

紅蓮訝異的問，回答他的是晴明。

「那是用注入了道反大神力量的玉石做成的御統。有了這個，屬火性的你說不定也可以對抗蛇神。」

勾陣把御統塞給目瞪口呆的紅蓮。

「現在萬事俱備了，」勾陣烏黑的眼中閃爍著犀利的光芒，「神將騰蛇，你最兇最強的稱號不會是浪得虛名吧？」

看到她挑釁的視線，紅蓮瞇起了眼睛，全身散發出強烈的神氣。

「妳是在跟誰說話？」

紅蓮一把搶過勾陣手上的御統，將隨身掛在脖子上的黑環脫下來，塞給了勾陣。

然後，把道反的御統掛在脖子上，跳出了晴明築起的結界。

原本顯得滿不在乎的勾陣忽然像所有疲憊都湧上來似的，喘了一口氣。

剛才拿著御統的右手毫無知覺地微微顫抖著。具體展現天津神道反大神的神通力量的出雲石，散發出來的波動十分強烈，連同屬土性的勾陣都不太能承受。

她看著紅蓮塞給自己的黑環，懊惱地咂了咂嘴。

自己花了那麼大的力氣運來，騰蛇卻戴得那麼輕鬆自若。她知道，最強與第二強之間的實力有差距，但是看到差距這麼清楚，打擊還是很大。

她不禁有股衝動，想捏碎紅蓮交給她保管的飾物。看著他們唇槍舌劍的晴明叫住了她：

「勾陣，妳分明是在煽風點火……」

勾陣瞇起眼睛，對滿臉無奈的主人說：

「騰蛇下意識克制著自己的力量。大蛇是強敵，不使出全力的話，他會陷入苦戰。」

可是，會不會說得太過分了？那麼危險的對話，稍有閃失，就可能踩到騰蛇的地雷。

聽到晴明這麼說，勾陣顯得有些意外。

「晴明，你在說什麼？他才不是心胸那麼狹窄的人。」

「說的也是……」

從來不會對同袍表示意見的紅蓮，其實心胸非常寬大。因為知道自己是最強的一個，所以會自我克制，凡事不要太認真。

出竅的白刃，光觸摸都有可能傷害對方。因為不想讓同袍受傷，所以他總是不動感情，淡淡帶過，保持距離。

這是自誕生以來就被嫌惡的騰蛇，經過漫長歲月體會出來的生存之道。

勾陣是在這十幾年來察覺的。

她揮揮左手的筆架叉，掃視周遭。

「我也去看看吧！晴明，我要離開結界了。」

她不會那麼沒有責任感，把所有蛇頭都推給騰蛇。從一開始，她就不打算把御統送來就離開。

但是，晴明叫住了正要離開的她。

「等等，勾陣，」晴明邊環視周遭，邊對眨著眼睛的勾陣說：「我擔心昌浩，這裡還是交給紅蓮和白虎，妳跟我來。」

仔細看，會發現使用離魂術的晴明，輪廓似乎比平常模糊一些。

「壓在本體上的力量非常沉重，現在的我，恐怕不太能使用法術。」

如果只有自己一個人，光保護自己都來不及了，不管昌浩陷入怎麼樣的局面，恐怕都沒辦法出手相救。

勾陣瞥一眼紅蓮和白虎，思考了片刻。

與大蛇對峙的紅蓮，從手中噴出了灼熱的火焰。她看到應該會直直往上延燒變成深紅色火蛇的火焰，竟然變成了劍的形狀。

勾陣和晴明都驚訝得瞪大了眼睛。

從紅蓮全身冒出來的鬥氣，從深紅色變成透明的金色。

就像天一的頭髮。

「看來，真的有道反大神的加持。」

勾陣點點頭，對讚嘆不已的晴明說：

「既然這樣，就把這裡交給騰蛇，我們走吧！晴明。」

掛在脖子上的御統之力湧現全身，不但消除了疲勞，還提供了嶄新的活力。

火屬性的火焰力量，透過御統，逐漸轉換成與大地相通的土屬性。

除了道反大神的力量之外，還可以感覺到同袍的神氣，紅蓮盯著御統看。

玉石與玉石之間，露出金色的絲線。

「是天一的頭髮……?!」

原來如此，設想得真周到。先用土將天一的頭髮，把具體展現道反大神力量的出雲玉石串起來，再由土將勾陣運送，活化力量。

這一定是晴明的策略。

「果然是隻老狐狸。」

嘟嘟囔囔的紅蓮嘴角浮現犀利的笑容。

「騰蛇！來了！」

邊閃躲邊射出風矛的白虎大叫。紅蓮握緊火焰劍，集中所有通天力量灌入劍身。

「哇啊啊啊！」

他吶喊著往前衝，手中的深紅之劍迸出通天神力。

紅蓮拿的武器，與其他神將們的武器有基本上的差異。勾陣、青龍、六合和朱雀的武器，是擁有創造能力的天空做出來的，而紅蓮的武器是把他本身的神氣具體化。最強的騰蛇根本不需要武器，只有在體力明顯消耗時，會召喚火焰槍，但並不是常備武器，也很少有這種時候。

因為是通天力量的具體化，所以形狀會隨著紅蓮的意志改變。

變成最適合當時狀況的形狀。

白虎從上空俯瞰，感嘆地嘀咕著：

「他還真的照神話做呢……」

在很久以前的神治時代，為了收服大鬧這片土地的八岐大蛇，天津神素盞鳴尊揮舞「十握劍」，把蛇體砍得支離破碎，再丟進簸川裡。

有神話裡不存在的真相。

那就是大蛇第八個頭的額頭上的鱗片，被封印在道反聖域，裡面充斥著蛇神的憎恨。

因為邪念與怨懟太過強烈，不能放在人界。

就像憎恨在神治時代殲滅了自己的天津神那樣，大蛇的這些蛇頭，都以燃燒著忿恨的眼神瞪著眼前這個拿劍對付它們的敵人。

咆哮聲此起彼落。

紅蓮揮響長劍，瞪著撲上來的第一個頭。

「儘管來吧！」

大雨傾瀉而下。

所有蛇頭都把攻擊目標轉向了紅蓮。

白虎嘆口氣，仰望天空。

大雨提供源源不絕的力量給大蛇，必須想辦法讓雨停下來。

遙遠的北方天際慢慢亮了起來。從地面往上升的光柱，淨化了周圍的雨雲，而且範圍逐漸擴大。

但是，還要很長一段時間，那股力量才會到達這裡。

正在下方與五個頭獨自奮戰的紅蓮，散發出前所未見的強烈鬥氣。每揮一次劍，就會迸出金色波動，而不是火焰，很像大地之氣的薰蒸熱氣。

「讓騰蛇一個人對付所有蛇頭，太殘酷了。」

不斷復活的大蛇，力量就是來自這厚厚的雨雲。

筋疲力盡的白虎，連著幾次深呼吸後，再次仰望天空，放聲怒吼，釋放出全身的靈力。

7

◇　◇　◇

某個秋日。

在傳說荒魂曾經棲息的瀑布河岸，年幼的珂神和灰白狼抬頭看著轟轟流瀉而下的瀑布。

忽然，兩人同時轉過頭來。

看著他們背影的真鐵和多由良疑惑地問：

「怎麼了？珂神。」

真鐵站起來，珂神跑到他身邊，指著崖上說：

「真鐵，那水是從哪裡來的？」

「什麼？」

真鐵不由得反問。跟珂神一起過來的茂由良甩甩尾巴，對真鐵說：

「我們覺得很奇怪，這座山哪來這麼多水。」

「嗯，真的很奇怪，水從哪裡來的呢？」

珂神與茂由良互看著對方，真鐵與多由良也面面相覷。

多由良以視線問他知不知道？他也以視線回說不知道。

這種事想都沒想過，所以也不曾調查過。

小孩子的好奇心沒有止境，一產生疑問，就非找到答案不可。

珂神抬頭看著轟轟流瀉的瀑布，精力旺盛地說：

「跟著水走，就能找到簸川的源頭吧？」

真鐵還來不及回答，茂由良就興奮地說：

「你好厲害，珂神，這樣就可以知道水從哪裡來了。」

「嗯，這樣就可以知道了。」

珂神開心地點點頭，轉身就跟茂由良開始尋找爬上懸崖的路。

真鐵茫然地伸出了手，目瞪口呆的多由良用尾巴拍拍他的手說：

「看樣子，他們要找到答案才會回來。」

看著東找西找的珂神和茂由良，真鐵疲憊地嘆口氣說：

「拿他們沒轍……」

多由良只好配合無奈的真鐵，跟著站起來。

跑來跑去的珂神和茂由良，發現真鐵和多由良走過來了。

「真鐵，沒辦法爬上懸崖。」

看到珂神眉頭深鎖，真鐵露出苦笑，把手指向瀑布右邊。

「那邊有路……要不要去看看？」

珂神和茂由良點點頭，跑去找真鐵說的那條路。

正要跟著兩人後面去的多由良，忽然注意到身旁的少年呆呆仰望著瀑布，就轉過頭問：

「真鐵，你怎麼了？」

看著瀑布好一會兒的真鐵甩甩頭，跨出了步伐。

「沒……沒什麼。」

消失在樹叢裡的珂神和茂由良興奮地對真鐵他們大叫：找到路了！

「你們兩個，等一下……」

快步走向樹叢的多由良沒有注意到真鐵的表情。

看著瀑布的真鐵，眼裡滿是悲戚。

珂神好奇地走在第一次走的路上，茂由良也是。多由良怕他們走錯路，小心地看著他們。

真鐵一步步慢慢走著，這條路他走過好幾次了。

最後一次是七年前。九流族王妃、也就是珂神的母親去世時，他跟真赭一起搬運遺體，把遺體從崖上推下了瀑布。

九流族人民都是這樣埋葬的。遺體會經由簸川之水，流到黃泉之國的荒魂那裡。

真赭在送走最談得來的朋友王妃後，對真鐵說想一個人靜一靜。

八歲的真鐵應她要求，在瀑布邊等她。

過了好一會兒，真赭下來時，一臉什麼事都沒有的樣子，對真鐵說：「回去吧！」

懷念的記憶在心底湧現，又隨著無奈和惆悵消失了。

在真赭下來之前的短暫時間，真鐵獨自哭泣著。他想著死去的朋友們，決定這是最後一次哭泣，但強忍著沒哭出聲來，只流下淚水。

只剩下自己和珂神後，他就沒有再爬上過這個懸崖，因為沒有必要了。下次要等很久才會再上來，而且是珂神和灰白狼、灰黑狼，把他抬上來。

啊！在那之前，要先送走真赭。如果照順序來，應該是真赭先去見荒魂。

可能的話，他希望這一天很久以後才會到來。

希望真赭可以在實現九流族的誓願，心中毫無遺憾時，再去荒魂那裡。

他真的由衷這麼期望。

他不由得停下腳步，聽水聲聽得出神，那是把靈魂送到黃泉之國的音靈。

走在前面的珂神忽然轉向了真鐵。

「真鐵。」

「什麼事？比古。」

珂神眨眨眼睛反問：

「比古？」

「啊，你母親有時候會這樣叫你。」

珂神張大了眼睛，在嘴裡重複著「比古」兩個字。

「不是叫珂神，而是比古？那麼，珂神呢？」

「珂神跟比古都是你的名字。」

而且，你還有一個只有我知道的名字，恐怕這輩子我都沒有機會告訴你了。

那是上一代大王和王妃明知用不到，卻還是幫你取的名字。

除了「祭拜荒魂的珂神比古」這個稱號之外，這孩子不需要其他名字。

所以，這是僅屬於自己的秘密。

是他曾經稱為「母親」的王妃與他之間的耳語。

珂神直直看著真鐵，笑著說：

「真鐵只有『真鐵』這個名字嗎？那麼我贏了，我有兩個名字。」

看到珂神誇耀地挺起胸膛，茂由良伸直背脊抗議說：

「不公平，我也要。」

「不行，只有我有。該走啦！茂由良。」

珂神趴躂趴躂往前跑，茂由良搖著尾巴緊跟在他後面。多由良無可奈何地跟在後面，真鐵瞇起眼睛看著他們。

珂神比古，你是這片土地唯一的正統大王。

我會努力，儘可能減輕你身上的重擔。

「真鐵，快點、快點。」

揮著手的珂神和灰白狼、灰黑狼，都等著真鐵。

◇　◇　◇

成為荒魂而覺醒後的珂神到底去了哪裡，真鐵沒有半點頭緒。
會是上一代大王說過的八岐大蛇荒魂棲息的那個瀑布嗎？
還是回府邸了？
再度降臨的荒魂，正在與道反陣營的神將們作生死鬥。
可怕的聲音在真鐵腦中浮現。
——下一代的珂神比古呀……
真鐵甩甩頭。
「不，珂神是……！」
大王是珂神，是他撫養長大的少年，他不過是扶持者。
要靠珂神比古借用荒魂的力量，奪回出雲的霸權。掌握霸權的將會是珂神比古，而不是真鐵。
荒魂只有在上一代死亡時，才會指名下一代。
不可以發生這種事。如果珂神死了，自己要為什麼而活呢？他將失去活著的目的。
真鐵活著，就是為了守護珂神。
疾馳的真鐵，在荒魂棲息的瀑布河岸看到了真赭。
「真赭！」

氣喘吁吁的真鐵四下張望。

珂神是在真赭的魑魅的引導下，消失了蹤影。那麼，應該是跟真赭一起行動吧？

「真赭，大王呢？那是妳放出來的魑魅吧？」

被真鐵逼問的紅毛狼緩緩搖著頭說：

「我不知道他在哪兒，大概跟大蛇的蛇頭在玩弄阻礙我們的敵人吧！」

這麼淡淡說著的真赭，語氣十分冷漠。真鐵覺得不對勁，停下了腳步。

「真赭，妳……」

紅毛狼嗤笑著說：

「真鐵，你也知道吧？荒魂已經指名你擔任下一代的珂神比古。那個大王還是不成氣候，他為什麼不能成為完整的珂神比古，想必你這個罪魁禍首應該最清楚吧？」

真赭的眼中閃耀著黑光。

「因為你叫了他的名字，所以他沒辦法成形。好不容易覺醒了，人類的意志卻還在體內掙扎。」

珂神比古不需要情感，人類的情感只會成為阻礙。

荒魂的意志會佔據肉體容器，在裡面生根。有那之外的東西存在，就不能完成肉體容器的使命。

真赭的冷酷話語，讓真鐵有種無法形容的感覺。

這是什麼感覺呢？真鐵從來沒有見過這麼冷漠的狼。

這隻紅毛狼是前代王妃的摯友，比誰都高興王妃有了孩子。沒多久後也懷孕的它還曾經毫不忌諱地說，自己肚子裡的生命，是荒魂為了王妃的孩子而賜給它的。

那兩個孩子的誕生，是為了珂神比古。

對它來說，珂神比古就跟自己的孩子一樣。

然而，現在站在紅通通水邊的紅毛狼，正用冷冰冰的眼神注視著真鐵。

「是你害他成不了氣候，所以你該負起責任吧？真鐵。」

真鐵的背脊一陣寒意。看著他的眼睛，是他不認識的某種東西的眼睛。

腳像生了根般，動也動不了。無法形容的戰慄，困住了他全身。莫名的情感卡在喉頭，不尋常的狂亂心跳聲在耳朵深處鳴響。

紅毛狼踏出了前腳。

「我一直在等，等到現在，八岐大蛇終於再度降臨，完全復活了。」

狼每向前走一步，真鐵的心臟就像被無形的拳頭揮了一拳。

「可是，真鐵，荒魂說那孩子根本派不上用場。不過是個肉體容器，卻還一直在抗爭。」微微瞇著眼睛的真赭沒好氣地說：「區區人類，竟敢跟我們作對……」

剎那間，真鐵彷彿看到另一個身影。

他倒抽了一口氣。狼瞄他一眼，邪惡地笑起來。

「真鐵，你看起來頗有用處，所以我才讓你活下來。要不然，人類的孩子，我連碰都覺得噁心。看到那兩隻狼跑來跑去，我也覺得很礙眼，常常都很想踩死它們。」

狼的語氣逐漸產生變化，變成跟紅毛狼不一樣的其他低鳴聲。

真鐵呼吸急促，擠出嘶啞的聲音說：

「你……你是誰？」

狼停下腳步，瞇起了眼睛。

「你想我是誰呢？你沒必要知道吧？」

「真緒呢……真緒怎麼了？」

滿臉疑惑的狼無法理解似的眨了眨眼睛。

「啊，你是說那隻狼？早就死啦！」

真鐵戰慄地尖叫：

「什麼時候……！你什麼時候取代了它?!真緒在哪裡……！」

「什麼時候？就在你們人民全死光的時候。你不是跟真緒來這裡，扔了最後一具屍體嗎？」

真鐵瞠目結舌。

那是十四年前——

視野動盪搖曳，不，搖曳的是真鐵的心。

不由得跪下來的真鐵，在倒地之前下意識地用手撐住了自己。

大雨正下著，強烈的雨勢絲毫不減，這是為了完成九流族的誓願，珂神比古召來的詛咒之雨。

抬頭看著烏雲的狼淡淡地說：

「八岐大蛇完全復活後，這片大地將會蒙上死亡的陰影。就讓所有生物都死光光吧！這正是我們主人的願望。啊，說真的……」

狼斜瞪真鐵一眼，滿臉不悅地接著說：

「雖然只有十四年，但是跟人類、野獸生活在一起的痛苦，還真是難熬呢！尤其是看到小嬰兒，我就很想吐，恨不得殺了他。」

狼的身影扭曲變形。

「讓你活下來是對的。敬畏大蛇的愚民，你以為那隻大妖真的會實現人類的願望嗎？」

真鐵茫然地抬起頭，狼輕蔑地笑著對他說：

「怎麼可能呢？笨蛋。」

怦怦，真鐵的心跳加速。

荒魂、八岐大蛇荒魂，是他們九流族的神明。其他比古人民，絕對不會崇拜他們可怕的蛇神。

因為大家都害怕蛇神過於強大的力量。

「你是說不會?!」

有真赭外表的東西搖著長長的尾巴，瞇起眼睛說：

「八岐大蛇也是神，但是，你跟珂神這十四年來祭拜的神，與九流族長年來祭拜的神不一樣，是其他靈魂。」

真鐵震驚地張大了眼睛，無力地彎下膝蓋，顫抖地喃喃說著：

「你……你說什麼……」

狼瞥了瀑布一眼，紅色的水正傾瀉而下。

「上一代的祭祀王是祭祀八岐大蛇，之前的大王、再之前的大王也都是。」

沒錯，八岐大蛇是九流族的守護神，他們祭拜的當然是八岐大蛇。

從他被稱為珂神比古以來、從他為了繼承王位而學習種種儀式禮法以來，這個事實應該都沒有改變。

狼歌頌般地說：

「但是，在九流族滅亡後，祭祀的順序、祭品全都相反了。你所做的，全都跟以前相反。你在不知情的狀態下祭祀的對象，是妖怪大蛇。」

青天霹靂般的打擊，貫穿了真鐵的心。

「什麼……」

再也說不出話來的真鐵，驚愕地看著狼。

他們祭拜的不是神明的八岐大蛇，而是大妖的八岐大蛇。

祭拜大妖，會讓他們祭拜的神性情大變，成為可怕的怪物。

神有好幾個面相，所謂荒魂，也只是其中一個面相；加上幸魂、奇魂、和魂，共有四個面相，會隨著需要而改變形體。

而再度降臨在他們眼前的八岐大蛇，是只擁有可怕蠻力，不把人類當一回事的大妖。

跟九流族真正祭拜的神，性質完全不一樣。

真鐵看著顫抖的雙手。

「我……我們……」

帶領他們的真赭說過的話，像跑馬燈般閃過腦海。

它的教導、它的話、它的眼神、它的行動。

全都是為了把真鐵他們帶向滅亡。

真鐵覺得嘴巴乾渴，天崩地裂般的絕望襲向了他。

「那麼……你為什麼……」

你為什麼知道珂神比古的另一個名字？

從眼神知道真鐵想問什麼的狼，興趣缺缺地回答：

「王妃告訴你時，我聽見了，所以我知道。」

「你……聽見了？」

真鐵低喃著，狼低下頭，翻白眼看著他。

「你大概沒注意到吧？我一直觀察著你們，因為你們九流族人民看起來最好利用。」

能利用就要物盡其用，資訊是愈多愈好。

真鐵的腦海裡閃過那天溫馨的情景，同時，無法言語的激動也從心底一湧而上。

「——！」

他大叫著，不顧一切往前衝，拔出佩帶在腰間的劍。

早料到他會這樣的狼笑了一聲，一躍而起。

紅色毛皮從真赭的身上剝落下來。

那是個奇妙的生物，只有眼睛特別大，眼珠子動來動去。外形很像人類，但是，漆黑得像是黑紙的剪影，躲在雨中看不太清楚。

不過，真鐵判斷，應該是神治時代就已存在的怪物。

真鐵緊握著劍，高高舉起左手。

「喝！」

從他全身釋放出來的所有靈力化成靈壓，壓住了那東西。

「啊！」

慘叫的怪物發出啪嚓聲響，看似被壓扁了，但是很快就抬起頭，睜大眼睛看著真鐵，猙獰地笑了起來。

真鐵舉起劍，揮向慢慢站起來的怪物。

「我再告訴你一件事。」

真鐵握著劍的手不由得停了下來，聽那怪物說什麼。

怪物狂笑起來，對他說：

「那隻灰白色的笨狼，是被你殺死的。」

驚訝的真鐵眼神搖曳。

「我用魑魅做出了你的樣子，很好玩吧？是外形跟你一樣的魑魅，殺了那隻狼。」

「什麼……！」

怪物又對震驚的真鐵說：

「那隻狼都知道呢……不過，你本來就打算拋開情義了，應該早有心理準備會被憎恨、被疏遠、被討厭吧？」

太過憤怒的真鐵覺得頭暈目眩，呼吸像抽筋般難過，只能不停地喘著氣。

為了讓珂神覺醒，茂由良死了。

他很想責問真赭，為什麼要做到這種地步？然而，那是真赭不惜犧牲自己的孩子所下的決定，所以他一直把這個疑問埋藏在心底深處。

原來，那一切都毫無意義？

「你竟敢……！」

真鐵的雷擊爆裂，從他高舉的手指冒出火花，連續射穿了怪物。射進怪物身體的火花在它體內炸開，把皮、肉炸得四散飛濺。

飛出去的肉片散落水面，一接觸到紅水，就咻咻冒起白煙。

但是，很像人類的怪物還是沒倒下來，直盯著真鐵。

「唔……！」

真鐵瘋狂地放射雷擊，被正面擊中的怪物腳步蹣跚地向前走，一步步靠近真鐵。

慘叫聲從真鐵嘴裡迸出來。

使出全力擊出的靈壓把怪物壓入了地底下。但是，怪物很快就像沒事似的爬起來，抓住了真鐵的腳踝。

真鐵用劍刺穿怪物的背部。插著劍的怪物，就那樣站起來，用扭曲的手靈活地拔起了劍。

真鐵全身戰慄，驚恐得起雞皮疙瘩，發出慘叫聲，臉色發白。

來歷不明的東西把手伸向真鐵的脖子。

「你玩夠了沒？該覺悟了吧？」

眼珠子轉來轉去的眼睛直逼真鐵，歪斜的嘴巴獰笑著。

「喂，下一代珂神比古，我曾告訴過你珂神比古的任務，那是真的，所以，只要你跟現在的珂神比古死了，大蛇就再也不用回到那陰暗的地底下了。」

細細瞇起的迷濛眼睛之中，閃爍著喜悅的光輝。

「等大蛇毀滅所有生物，就換我們主人開心了。對於被逼入黃泉之國的我們來說，你跟大蛇都是進攻這片土地的棋子。」

真鐵的心跳怦然加速。

黃泉之國，地底下之國。

在神治時代被殲滅的八岐大蛇，就是被囚禁在那個掌管死亡的陰暗盡頭。

被趕出這片土地的人們，都居住在那裡。

封印大蛇鱗片的聖域最深處，有條通往那裡的坡道——

「原來你是……！」

怪物嗤嗤獰笑著。

現在發現已經太遲了。長達十四年的計謀，就快得逞了。

「你的任務結束了。」

怪物的手噗嗞穿入了真鐵的肚子，抓住他的內臟，扭轉、捏碎、翻攪。

「唔……！」

真鐵發出呻吟聲，血泡不斷從嘴巴冒出來。

劍被怪物隨手扔了出去。

在地上咔啦咔啦翻滾的劍，碰到水面就冒起了白煙。

意識逐漸模糊的真鐵全看見了。

劍碰觸到的地方，水的顏色改變了，從紅色變成清澄的顏色。但是，很快又被紅色吞噬了。

真鐵的身體緩緩傾斜倒下，怪物扭動身體閃開了。沒有東西可以靠，就那樣趴倒在地上的真鐵，只有指尖微微顫抖著。

他強撐著抬起手，抓住劍柄，只靠眼睛搜尋怪物。

外形很像人類的怪物，興致勃勃地看著真鐵做最後的掙扎。

「荒……魂……」

不是大妖，而是真正守護九流族的蒼古之神啊！

請將力量賜給祭拜祢的子民。

傳說中，九流族從很久以前代代相傳的鋼劍，是八岐大蛇荒魂賜給九流族族長的。

他手上的劍，據說是把取自荒魂尾巴的劍一分為二，重新鍛造出來的。

一把貫穿道反公主的身體，掉進了瀑布裡。現在這一把，是另外一把。

不知道為什麼，風音拿的是荒魂之劍，也就是守護九流族血脈的鋼劍。

真鐵靠著劍撐起身體，狠狠瞪著怪物。

「你就快死了，還能做什麼？」

語帶嘲笑的怪物，看到從真鐵身上散發出來的強勁靈力漩渦，不由得倒抽了一口氣。

「是荒魂的力量……！」

凌厲的雷擊襲來。

直直打下來的光劍擊中怪物的腦門，貫穿它的身體，向四方散去。

劇烈的火花在泥土上激射而出，越過水面，轟然震響。

化成黑炭、一片焦黑的怪物身體逐漸碎裂、瓦解。

在意識模糊中看著這一切的真鐵，喘口氣喃喃說著：

「……魑……魅……」

那是做出來的身體、是空盪盪的肉體容器，是靠某人的力量取得的虛假生命。

十四年來，他都把它當成了真赭。

「真赭……」

紅毛狼沉穩的眼神，在他心中淡淡地迸開來。

他看到——注視著孩子們的真赭，溫柔地看著自己的真赭。

他想起——把王妃的遺體抬來這裡時的悲傷眼眸，比自己晚些從懸崖下來時的漠然表情。

是否就在那時候，他們的命運開始走偏了？

「……」

大妖的咆哮聲在遙遠的地方迴響。

真鐵咬住下唇，按住被挖開的肚子，注入力量。

他們喚醒的不是神，而是妖怪。儘管如此，守護九流族的神，還是給了犯錯的子民力量。

疼痛是減緩了一些，但是傷勢太過嚴重，很可能喪命。

要趕快行動才行。

真鐵搖搖晃晃地站起來。

「……祇……比……古……」

閃過腦海的是剛出生時的小嬰兒。

還有夫人的微笑，和真赭的眼神。

——終於見到你了，珂神……

輕輕碰觸的肌膚暖暖的。身體好小，真的、真的好小。

當所有人都死去時，他曾發誓要保護這個孩子。

他的誕生，是為了見這孩子。

他的誕生，是為了守護這孩子。

他發過誓。

要協助這孩子、要成為這孩子的左右手。

他曾對臨終時把孩子託付給他的王妃發誓。
這是他唯一銘記在心的誓言。
絕不會讓這孩子孤獨無依。
是他一手將這孩子帶大，一起走過了人生。
比九流族的誓願、荒魂的存在都來得重要。
真赭說過很多次，要滅絕這個國家的所有人，好好懲戒他們，為九流族報仇雪恨。
但是，真鐵心底有其他的想法。
當完成九流族誓願、奪回霸權時，應該會有人追隨他們，不必把這些人也殺了。可以迎接他們，建立新的九流族。沒有了紛爭，對珂神更有利。
這樣可以復興九流族，族人不再只有他們兩人，珂神會成為更多人民的大王。
跟上一代大王一樣，珂神會成為無數人民尊敬的大王。
為了這個願望、為了這麼一天，他強硬地要求珂神成為大王。不管珂神露出多寂寞的眼神，他的心意都沒有動搖過。
他不曾讓珂神孤獨過，一切都只為了那個小小的誓言。
然而……
真鐵仰望天空。

重重打在他身上的雨，是潛藏著妖氣的雨、是大蛇的毒血。

「……！」

這全都是壯志未酬就撒手人寰的九流族人民，遺留在這片土地上的負面意念。

毫不留情地打在真鐵身上的雨水，是來自九流族的意念。

所以大蛇不會被殲滅。只要九流族的心以及懷抱怨恨的情感覆蓋著這座烏髮峰，雨就不會停。

大王召來的雨雲，是由沉睡的九流族邪念形成的。

然而……

「比……古……」

真鐵拖著身體，爬上懸崖。

現在還來得及。

既然自己是下一代珂神比古，就該扛起責任。

他決定由自己完成珂神比古的最後任務。

8

多由良在森林中疾馳，昌浩和太陰在後面追趕著。

太陰的神氣快用光了，不能靠她的風，兩人只能拚命地跑。

土被雨淋得鬆軟，跑起來很辛苦，好幾次差點跌倒，必須花很大的力氣才能重整姿勢。他們就這樣邊跑，邊搜尋狼的氣息。

「多由良……多由良！」

不管怎麼叫，都會被雨聲淹沒。這座烏髮峰的森林十分深邃，所有聲音都會被吞噬。

腳步蹣跚的昌浩，胸口產生強烈脈動，從內側撲通撲通推撞著。伴隨著痛楚的衝擊，讓昌浩忍不住跪下來，屏住呼吸熬過去。

「昌浩，你振作點！」

太陰哭喪著臉，抱住昌浩。

昌浩緩緩張開眼睛，蠕動嘴唇，想跟太陰說自己沒事，卻發不出聲音來。

趁痛苦稍微減緩時，昌浩用力撐起膝蓋，站了起來。

不趕快追的話，彰子的靈魂會……

光是這樣的想法，就能推動筋疲力盡的昌浩。

他說過他會回去，回到彰子等待的地方。

失去彰子，就失去了回去的意義。

沉重的脈動撲通撲通流竄全身。

之前他一直有個預感，卻不知道意味著什麼。恐怕他這輩子都不會忘記，當知道彰子在這裡時的衝擊。

為了救彰子，他什麼事都能做。不但把晴明的教導拋到九霄雲外，也忘了跟小怪、跟紅蓮之間的約定。

對他來說，失去彰子，比失去生命、違背誓言都可怕。

這是在平靜的日常生活中，通常會被遺忘的激情，蟄伏在昌浩心底深處。

因為彰子就在眼前，看到她平安無事，自己才能放心、才能外出、才能作戰、才能堅強起來。

一旦失去她，一切就都瓦解了。

「彰子……！」

昌浩跨出步伐，太陰攙扶著他，察覺到風中的大蛇氣息，還聽到狼的呻吟聲。

「昌浩，在那裡！」

昌浩拚命朝著太陰所指的方向跑去。

跑得東倒西歪的多由良，後腳被從後方打過來的雷電擊中，摔倒在地上。

珂神逼向倒在地上的灰黑狼，又擊出了第二掌。

襲向多由良背部的雷擊應聲爆裂，炸得血肉橫飛。

即使這樣，多由良還是不張開嘴巴。

「狼，把東西還給我。」

多由良瞥珂神一眼，表示拒絕。珂神看到狼眼中的頑抗，生氣地皺起眉頭。

「野獸，不准違抗我珂神比古！」他踹了多由良的嘴巴一腳，踩在上面說：「快張開嘴，把鋼球交給我！」

不管珂神怎麼踐踏，多由良還是不張開嘴巴。

茂由良替不能說話的多由良哭喊著：

──住手、快住手！不要碰多由良！

珂神疑惑地抬起頭，他聽到刺耳的雜音在耳朵裡迴響。

「狼，沒想到你還在這裡苟延殘喘……」

踩著多由良嘴巴的珂神，拔起腰間的劍。

「再不交給我，我就用搶的……砍斷你的下巴，鋼球就會掉下來吧？」

多由良的灰黑色背部強烈顫抖起來，但是身負重傷已經跑不動的狼，還是不打開嘴巴。

茂由良的叫聲在多由良耳邊迴響。

——住手！珂神、珂神、珂神！

珂神比古冷冷地看著多由良，沉著地揚起嘴角說：

「要砍哪裡呢？這邊嗎？還是乾脆從眼睛下面砍斷？」

珂神把劍刺入多由良的臉，仔細斟酌著。被撕裂的疼痛襲向多由良，它咬緊牙關，不讓自己叫出聲來。

——住手！不要這樣，珂神……！不要傷害多由良！

茂由良的吶喊刺痛著多由良的心。啊，就快聽不到這個聲音了。

我說過要把這個身體留給你啊！茂由良。

珂神跨坐在多由良身上，用膝蓋壓住多由良的頭，慢慢舉起了劍。

他把劍抵在多由良的眼睛下方，狂傲地瞇起了眼睛。

就在這時候，嘎吵一聲，昌浩和太陰從樹叢裡衝了出來。

「珂神比古！」

昌浩上氣不接下氣地大叫，珂神瞥他一眼，爆發出妖氣。

被彈飛出去的昌浩和太陰翻滾著，濺起了泥沫，但昌浩仍然大叫：

「住手！」

火焰在他體內搖晃，灰白色的光芒也在他雙眼深處閃爍著。

從他全身噴射出灰白色的火焰。

太陰大驚失色，昌浩甩開她的手，打起手印。

「嗡吧啦朵伽嗳凱吉索瓦卡！」

全神貫注的真言，讓燃燒的天狐火焰變成了白色怪獸。狂亂的白色火焰包圍了珂神。

「滾！」

但是，珂神一聲怒吼，就趕走了火焰。法術被珂神比古的言靈粉碎後，直接彈回了昌浩身上。

太陰擋在倒抽一口氣的昌浩前面。

重重受到衝擊的太陰，小小的身體被拋飛出去，連慘叫都叫不出來，便摔落在地上。正要跑到她身旁的昌浩，忽然像凍結般停在原地。

天狐的力量、異形之血，掙脫桎梏，完全解放了。
火焰在大張的眼睛深處燃燒著，從昌浩全身噴射出相同顏色的熱氣，往上空升騰。
「唔——！」
珂神從鼻子冷哼一聲，瞥昌浩一眼，就把視線轉向了多由良。
「服從九流族的妖狼，你是最後一隻了。」
多由良驚訝得張大眼睛，無法理解珂神這句話的意思。
咆哮聲近在咫尺，大蛇的蛇頭正向這裡逼近。
多由良體內的茂由良憤怒地瞪著珂神。
——把珂神……把珂神還給我們！把我們的珂神……！
劍身在雷光中閃閃發亮，被照得張不開眼睛的茂由良忽然想起彰子的話。
「你們口中的珂神，其實不叫珂神比古……」
彰子的聲音在茂由良心底迴響。那是彰子最後說的話，說得斷斷續續，幾乎不成句子。
那聲音撼動了遙遠的記憶。
它聽見了，聽見那天呼喚他們的聲音。
它聽見了，聽見那天真鐵呼喚著它從來沒聽過的名字。

——……祇……比……古……

劍揮下來了。

珂神的眼神是如此冷漠。

茂由良放聲大叫：

——住手，瑩祇比古——！

剎那間。

「——！」

珂神的手停下來了。

俯瞰著多由良的紅色雙眼深處，出現了其他的光輝。

撲通撲通的脈動，湧上珂神的胸口。

把身體當成大蛇的第九個頭操縱的可怕意志，壓抑著另一個靈魂。

是他懂事前曾經聽過的名字的言靈，撼動了那個意志。

而那聲音，僅僅呼喚過一次為他的靈魂而取的名字。

多由良茫然地看著上方。

看著珂神僵硬的表情，看著停滯在半空中的劍。

在多由良體內的茂由良又重複了一次。

——瑩祇比古……你回來呀……瑩祇比古！

那天真鐵喃喃自語時，被彰子聽見了。彰子消失前，把這件事告訴了茂由良，喚起了茂由良的記憶。

也喚醒了被囚禁的珂神……不，是瑩祇比古的心。

珂神注視著多由良的眼睛落下淚來，顫抖的嘴唇低聲叫喚著：

「多……由良……！」

多由良和茂由良都張大了眼睛。它們的確聽見了，聽見珂神叫喚它們的聲音。

那是它們十分熟悉、十分懷念的聲音。

——珂神！

茂由良不由得大叫。但是緊接著，它看到珂神的眼中又亮起了紅光。

珂神的表情痛苦扭曲，緊咬嘴唇，拚死抗拒著。

他全身顫抖，試圖拋開高舉的劍，卻被盤據在體內的大蛇意志阻撓。

從閉著眼睛的少年口中，發出嘶啞的咒罵聲。

「不要阻礙我……快消失！」

但是，少年搖著頭，拚命抗拒，試著把劍拉下來。

——……祇……瑩祇、比古，瑩祇比古！

茂由良的叫聲貫入耳中。

珂神張開眼睛大叫：

「唔——！」

痛苦掙扎的昌浩聽到椎心刺骨般的叫喊，緩緩轉移視線。

然後，震驚得張大了眼睛。

騎在多由良身上的珂神，把手上的劍刺進了自己的身體。

從肚子刺穿背部的劍，被鮮血染紅了。

珂神癱軟地倒下來。

響起東西重重落在地上的聲音，濺起泥沫。

心跳在胸口加速。

「……比……古……」

沒多久，淒厲的衝擊貫穿全身，燃燒他靈魂的天狐之火更加劇烈了。

昌浩滿地翻滾，連叫都叫不出聲來。這時候，一個身影衝向了他。

「昌浩！」

伸過來的手被灰白的熱氣彈開。接著另一隻手伸過來，抓住了昌浩的手。

硬是被翻過身來的昌浩微微睜開眼睛，看到有隻手放在他的胸口上。

「振作點！」

充滿威嚴的聲音，拉回了昌浩朦朧的意識。

他覺得，燃燒著靈魂的火焰忽然減弱了。胸口上的那雙手綻放出熟悉的神氣，逐漸擴散包住了他全身。

呼吸急促的昌浩茫然地叫喚著：

「風……音……」

把手放在昌浩胸口的風音臉色蒼白地鬆了一口氣。

「太好了，正好趕上……」

昌浩環視周遭，看到六合抱起了昏倒的太陰。

他緩緩地站起來問：

「妳……怎麼會在這裡？」

風音邊拔起自己的一根頭髮，邊說：

「我追真鐵追到這裡，就看到你們……」

她把拔起來的頭髮綁在昌浩的右手腕上，輕輕打個結，然後對滿臉疑惑的昌浩解釋：

「關於你的血的事，六合都告訴我了。這根頭髮可以取代我父親的丸玉，只能暫時應急，但有總比沒有好。」

昌浩倒抽了一口氣。

沒錯，風音是道反大神的女兒。既然擁有跟大神同樣的力量，就能鎮住昌浩體內的天狐之血。

「呃……那個……」昌浩生硬地對偏頭看自己的風音說：「那個……謝謝妳。」

風音似乎有點驚訝，張大了眼睛，但很快又搖搖頭，站了起來。

昌浩看到她拔起腰間的劍，目露兇光，趕緊循著她的視線望過去。

原來她是瞪著昏倒在地上的珂神。

「等、等一下。」

昌浩靠著還不怎麼能使力的腳拚命站起來，走到風音前面。

「昌浩？」

風音不解地皺起眉頭，昌浩擋在她前面，搖搖頭說：

「他不是珂神，已經不是了。」

「你胡說什麼？快讓開。」

莊嚴的語氣，差點讓昌浩讓步，但是他制止了自己，再次強調：

「他現在是比古了，所以……」

正要繼續說下去時，昌浩聽到微弱的叫聲。

「……良……」

昌浩和風音都猛然轉向少年。

少年把刺穿自己身體的劍緩緩拔出來，扔了出去，想靠手肘支撐著爬起來，但是爬不起來，又倒了下去。

儘管如此，他還是拚命把手伸向灰黑狼，張開滿是鮮血的嘴巴說：

「多……由良……等等我……」

狼的腳慢慢動起來，移向少年伸過來的手。

這時候，它才張開一直緊閉的嘴巴，放下咬著的鋼球。

「……珂……神……」

顫抖的聲音呼叫著那個名字。少年輕輕點著頭，微微一笑。

「我馬上……幫你治療……多由良……」

伸出去的手終於搆到狼的腳了。他抓住多由良沾滿雨水和泥土的腳，瞇起了眼睛。

「茂……由良……」

少年清楚看見了灰黑狼體內的茂由良。

灰白狼把臉扭成一團，發出了啜泣聲。

——珂神、珂神！

聽到茂由良這麼叫，少年輕輕搖著頭，淚流滿面地說：

「不對……是瑩祇……比古。」

茂由良抖動了一下耳朵。

——嗯，沒錯，這是真鐵叫過的名字，這才是你真正的名字，不是珂神。

受傷的比古強撐著想站起來。

昌浩跑過來攙扶他。

「比古，你要振作起來！」

比古好不容易把持住就快消失的意識，看到突然冒出來的昌浩，顯得有點驚訝。

「啊……昌浩……」

為了治療比古血流不止的傷勢，昌浩喚醒了自己的記憶。

「命乃火之氣、水之氣共引血之道，死者亦復生……」

神咒勉強止住了嚴重的出血。昌浩還要繼續唸咒文，但是比古阻止了他，把手放在多由良的身體上。

「荒魂……請給予加護……」

因為昌浩的關係，疼痛暫時消失了，但是，嚴重的貧血讓他隨時都有可能昏迷。昌浩的神咒是用來止血的，不能用來做根本治療。

比古的靈力包圍多由良，堵住了傷口。

多由良奮力抬起脖子，把頭抵在比古的肩膀上。

「瑩……」

比古擁抱著多由良和茂由良，保持同樣的姿勢好一會兒後，用力吸口氣，不讓自己哭出來。

「多由良，拜託你……」

多由良知道他想做什麼，使出渾身力量站起來，挺直了背脊。

比古倒在它的背上，跨坐上去。

「比古？」

臉色慘白的比古緩緩看了驚訝的昌浩一眼，虛弱無力地說：

「我必須……把荒魂送回去。」

看見昌浩倒抽一口氣，比古淡淡一笑說：

「因為我答應過你。」

「比古！」

昌浩深受感動，比古果然沒有忘記跟自己的約定，毀約的是珂神比古的意志。

比古輕拍多由良的脖子。

「比古！」

昌浩匆忙伸出去的手，沒有抓到比古。

瞬間遠去的比古回頭看著昌浩，嘴唇微微蠕動著。昌浩從唇形讀出他的意思，不由得全身戰慄。

他說：我不惜犧牲性命，也要把荒魂送回去。

「比古！等等，比古！」

昌浩的叫聲繚繞迴響，穿越雨的縫隙，卻還是阻止不了比古。

他正要追上去，忽然覺得膝蓋無力，跪了下去。

「昌浩！」

六合與風音同時叫出聲來。昌浩的手跟膝蓋都陷入了泥濘中，抖動肩膀用力呼吸著。

風音邊伸手拉起他，邊以眼神詢問六合。

六合觀察周遭的氣息。

從剛才，他就察覺到附近有大蛇的氣息，是強烈的神氣阻礙了它的行動。

不對，儘管與他知道的氣相似，性質卻不一樣。他所知道的，是不同於這股氣的火焰鬥氣。

「這究竟是……」

六合低喃著，昌浩抬頭看著他，又突然轉過身去。

他放開風音的手，撿起掉在地上的鋼球。

輕輕握住鋼球的他集中精神，像是在搜尋什麼。

手掌感覺到類似心跳的脈動，那規律的波動，是來自彰子的靈魂。

「彰子……」

就在他呼地鬆口氣時，被六合抱著的太陰，眼睛微微動了一下。

「唔……」

太陰緩緩張開眼睛，看到擔憂的黃褐色眼眸，思緒混亂地皺起了眉頭。

六合怎麼會在這裡呢？

「昌浩跟彰子小姐……」

聽到彰子的名字，六合露出疑惑的表情，轉向昌浩，希望從他那裡得到答案，卻看到他滿臉為難，好像在思考該怎麼說。

「昌浩，怎麼回事？」

聽到六合這麼問，風音訝異地眨了眨眼睛。

昌浩低頭看看手中的鋼球，開口說：

「我也不太清楚……不過，彰子的靈魂就在這裡面。」

連六合都露出大吃一驚的表情，微微張大眼睛，看著鋼球。

風音默默地思考著，彰子究竟是誰呢？聽起來像是跟昌浩他們相關的人。

六合從她的表情看出她在想什麼，告訴她稍後再做說明，然後催促昌浩：

「總之，先跟騰蛇他們會合吧！太陰，妳能動嗎？」

「可以。」

太陰立刻回應，從六合手中下來，卻又軟趴趴地倒了下去。

「沒、沒關係，只是一時使不上力……」

她抓住六合的靈布，強撐著想站起來，一雙強而有力的手抱起了她。

「……不好意思……」

看到太陰沮喪地垂下頭，六合安慰她不用介意。

大妖的咆哮震天價響，壯烈神氣的波動遠遠傳到了這裡。

「這是誰的……？」

昌浩不由得喃喃自問，同時，聽到夾雜在雨聲中的腳步聲。

在猛然屏住氣息的一群人當中，太陰與六合最早察覺到是誰。

「勾陣。」

「……和晴明？」

兩人從樹林間走出來。

「昌浩，你沒事？」

晴明著急地跑過來，昌浩一時不知道該怎麼回答。

見到年輕模樣的祖父，罪惡感湧上心頭，昌浩抬起頭說：

「祖父，我……」

彷彿現在才想起自己做過的事，全身顫抖著。

看到昌浩的呼吸突然變得急促，晴明就知道事情非同小可。

「怎麼了？發生什麼事了？是不是天狐的力量……」

「呃……我有這個……」

昌浩給晴明看纏在手上的黑色頭髮，再看看風音說：

「可以取代丸玉……是她剛才給我的。」

晴明訝異地轉向風音，她默默地點著頭，眼神卻有些凝重。

「可是只能暫時取代。既然血隨時可能失控，最好早點準備新的丸玉。」

「是嗎……謝謝妳。」

「不客氣。」

風音搖搖頭，望向其他地方。

這裡是烏髮峰的西面，瘋狂大鬧的大蛇是在從峰頂到北面的斜坡上。

追真鐵沒追上，珂神比古和狼也行蹤不明。風音出動，就是為了解決他們，現在她猶豫著接下來該怎麼做才好。

抬頭一看，六合的黃褐色眼眸似乎正等著她下結論。

「那麼，去找珂神比古……」

「等等！」

昌浩打斷風音的話，臉色蒼白地走向她，看著比自己高的風音。

「比古說要把大蛇送回去，剛才也是為了這件事……」

風音望向晴明，她覺得昌浩太感情用事，最好聽從保持冷靜的晴明所做的判斷。

晴明從她臉上看出了大概，默默地思考著。

等待著晴明答案的一群人，都知道震響的咆哮聲正慢慢接近這裡。

地面開始震動鳴響，好像有什麼巨大的東西在地底下蠢動著。
隔著豪雨，可以看到烏雲在烏髮峰的山頂上捲起了漩渦。
烏雲下出現了八頭、八尾的大妖的巨大身體。
「八岐大蛇！」
響起蛇腹與地面嗞嗞摩擦的聲音，扭擺的蛇腹推倒樹木開始行進了。
山峰後方有好幾條粗暴扭動的尾巴。
整座烏髮峰都震動起來。完整地再度降臨、顯現全身的大妖，邊壓垮山峰，邊爬下了山。
昌浩臉色發白。
比古和多由良就是往那個方向去了。
他緊緊握起拳頭，把鋼球遞給晴明說：
「爺爺，請幫我保管。」
「這是？」
昌浩告訴疑惑的晴明，彰子的靈魂就在裡面，晴明也一時說不出話來。
「到底怎麼回事？」
「詳細情形您去問太陰吧！我要去追比古了。」

忽然，昌浩的神情變成像強忍著什麼般的痛苦。

「爺爺……」

有個東西在他心底凍結凝聚，而且逐漸漲大，就要撕裂他的胸口，帶來極大的疼痛。

看到小孫子不尋常的樣子，晴明皺起了眉頭，他很少看到小孫子這麼無助的表情。

昌浩好幾次張開嘴巴，卻都欲言又止，顫抖的雙手緊抓著晴明的衣服下襬。

「我……爺爺……我……」

他不知道該怎麼說，無論如何都說不出口。

他答應過爺爺的。

晴明注視著昌浩勝過千言萬語的眼睛，平靜地垂下視線。

即使昌浩不出聲，晴明也能從他散發出來的靈氣知道發生了什麼事。

靈氣中飄蕩著違反禁令者特有的敏感與戒懼。

「你違反了我的交代？」

晴明心平氣和地問，昌浩的肩膀顫抖起來。晴明的聲音平靜到幾乎被雨聲淹沒，卻比任何責罵都讓昌浩難過。

他垂頭喪氣地抓著晴明的衣襬，晴明伸出手，往他頭上彈了一下。

「唔……！」

他感到尖銳的疼痛，低聲慘叫，困惑地抬起頭看著祖父。

晴明的眼睛平靜得像無波的水面，嚴肅地說：

「詳細情形我稍後再問你，現在你只要回答我一個問題。」

昌浩屏息以待，不知道爺爺要問什麼，心臟撲通撲通急速跳動著。

晴明以犀利的語氣，詢問全身緊繃的昌浩：

「你後悔嗎？」

大蛇的咆哮在雨聲中響起，可以感覺到遠處正展開激烈的生死鬥。

在三名神將和道反公主的注視下，年輕晴明又重複了同樣的話。

「你對你所做的事和當時的想法，感到後悔嗎？」

昌浩的心跳撲通撲通加速。

除了自我苛責的疼痛外，還有像冰塊般的東西重重地往下沉，在心底深處不斷地膨脹。

當時的情景，掠過昌浩腦海。

珂神比古高高舉起鋼劍；靠在樹幹上的彰子，抬頭看著鋼劍。

在看到這一幕的瞬間，所有事都被拋到九霄雲外了。

抓著衣襬的手指漸漸放鬆了力量。從手中的鋼球，傳來類似呼吸的生命波動。

「不……」昌浩搖搖頭，以嘶啞的聲音說：「不，我不後悔。」

眼角不知道為什麼熱了起來，為了說這句話，需要驚人的勇氣。

昌浩濕淋淋的臉上，流下了雨滴之外的水珠，晴明假裝沒看到。

「那就好，不要忘了你說的話。」

晴明說得很直接，所以感覺更有分量，重重壓在昌浩心頭。

昌浩咬住了下唇。

「……是！」

昌浩垂頭喪氣地閉起眼睛。晴明把手搭在孫子的肩上，露出心疼的表情。

有時，陰陽師會把詛咒反彈回去。因為會被詛咒，所以知道如何反彈。

反彈回去的詛咒，與反彈的術士所受到的詛咒，效果是一樣的。

有時候，陰陽師也會主動下詛咒，通常都是為了殺死詛咒的對象。

晴明曾經靠法術傷害過人，也殺過人。這是陰陽師的黑暗面，實力愈是受到肯定就愈黑暗。

他從來不後悔自己做過的事。只要有一點後悔的意念，就會產生迷惘，使施放的法術返回到自己身上。但是，陰陽師有排除法術的法力，所以不會有生命危險。

那麼，被排除的法術跑到哪裡去了呢？

被排除的法術，會攻擊沒有閃避能力的陰陽師的親人。

陰陽師只要產生迷惘，就會連累無辜的家人。所以若要對人類使用法術，就必須有承擔所有後果的覺悟。

必須有堅強的意志、下定決心，不管對或錯，絕對不為自己做的事感到後悔。

擁有這樣的覺悟，才能對人類使用法術。

晴明瞭解昌浩的決心與信念。

他曾發誓要成為最頂尖的陰陽師，絕不傷害任何人、不犧牲任何人。

那是非常崇高的理想，晴明也希望他能夠達成。

然而，晴明也知道，總有一天他會不得不違背那樣的誓言。

只是沒想到，這一天來得這麼早。

儘管如此，晴明還是希望，他不要從此失去自己的信念。

不管違背多少次，晴明都希望他能繼續秉持不再傷害任何人、不再犧牲任何人的堅定意志。

一旦失去這樣的信念，昌浩就會失去自尊。

只知道光明面的人類，不會注意到黑暗面。然而，陰陽師必須扛起黑暗面。

如字面所示，「陰陽師」就是要熟知「陰陽」，才能正確使用力量。
晴明從沮喪的昌浩手中接過鋼球，嘆口氣說：
「昌浩……」
昌浩緩緩抬起頭，像隻害怕的小狗。
晴明淡淡苦笑起來，又彈了他的額頭一下，對輕輕往後仰的他說：
「爺爺跟太陰先回道反聖域。」
昌浩訝異地張大了眼睛，晴明的深色眼眸看著他。
「你剛才不是說要去追比古嗎？」
晴明回頭看勾陣與六合，兩人接觸到主人的視線，默默點了點頭。
從六合手中下來的太陰正要開口抗議時，被勾陣以眼神制止，結果什麼也沒說。
晴明對小孩子外形的神將說：
「我的本體留在道反，使用的方法有點麻煩，所以必須趕回去。」
唸神咒讓太陰恢復通天力量後，晴明掃視大家一圈說：
「接下來就拜託你們了。」
他依序看過每一張點著頭的臉，最後視線停在昌浩身上。
昌浩的表情雖然還是很僵硬，但已看不到剛才的無助。這樣就沒問題了，如果老是

掛在心上，會使法術變得遲鈍。
不能忘記，但也不能老是掛在心上。心必須隨時集中在某一點，以免產生不必要的動搖。不過度偏向正面或負面，隨時保持心的均衡，才是陰陽師必須培養的性情。
昌浩把嘴巴抿成了一條線，晴明強裝平靜地對他說：
「昌浩，等這件事解決後，我會先回到京城。」
「咦……」
「跟太陰一起回去，不然會有點麻煩。所以你回到聖域時，我應該不在了。」
默默聽著晴明說話的太陰，臉上表情有些複雜。留在京城的同袍們生氣的模樣，彷彿就在眼前。
見太陰面有難色，年輕模樣的晴明摸摸她的頭。
「彰子的事就交給我吧？」
昌浩默默地點點頭，晴明欣然垂下了視線。
「勾陣、六合。」
兩名鬥將轉向主人。
「拜託你們了……還有，風音，祝妳戰無不勝。」
神氣之風包圍了晴明和太陰，在傾盆大雨中，兩人的身影逐漸遠去。

昌浩做個深呼吸，低頭看著右手腕。風音的頭髮鎮住了天狐的力量，他必須靠這根頭髮熬過去。

「昌浩，你要怎麼做？」

勾陣平靜地問。昌浩轉身說：

「去追比古，把大蛇遣回黃泉之國，終止這場雨。」

9

◇　◇　◇

奮力爬上岩石的玡神，正好踩到塌陷的地方。

「哇！」

差點往下滑時，一隻手伸過來抓住了他瘦弱的手。

「玡神，還好吧？」

抓住他的真鐵嚇得臉色都變了。玡神點點頭說：

「嗯，沒事。」

被真鐵一把拉上去，在岩石上站穩後，玡神四下張望。

「啊，找到了！」

眼睛閃閃發亮的孩子所指的地方，湧出小小的泉水。跟灰白狼一起往前衝的玡神被泉水前高低不平的路絆倒，重重地摔倒在地。

「啊！」

看著他們的多由良低聲驚叫，真鐵沒力地按著額頭。
珂神臉朝下滑行了一段路，就靜止不動了，茂由良急得在他身旁繞來繞去。
「珂神，快起來啊！珂神。」
過了好一會兒才有動靜的珂神哭喪著臉爬起來，手按著嚴重撞到的鼻子。
真鐵和多由良慌忙檢查珂神的傷勢。
「啊！擦傷得這麼嚴重。」
多由良滿臉無奈，真鐵也深深嘆了一口氣。
「一定會被真赭狠狠罵一頓。」
——你們怎麼可以讓珂神受傷！
橫眉豎眼的紅毛狼，彷彿就在眼前。
真鐵與多由良視線交會。在他們前面重新振作起來的珂神跑向了泉水，跪在泉水邊。
「這就是簸川的源頭嗎？」
在珂神旁邊蹲下來的茂由良嗯嗯地沉吟著，歪著頭說：
「是不是源頭呢？再往裡走好像沒有河流了，所以應該是吧！」
「可是中途也有看到其他河流……」

看來簸川的源頭不只一個。

珂神眉頭深鎖，嗯嗯地思考著。

真鐵拍拍他的肩膀，在他身旁蹲下來。

「不管怎麼樣，都算是源頭之一，這樣可以了吧？」

「嗯，可以……真鐵說可以就可以。」

珂神不太能理解地仰望著天空，真鐵看著他那樣的表情，覺得很好笑。

多由良從樹木縫隙確認了太陽位置，甩甩尾巴說：

「差不多該回去了，回到家時可能天都黑了。」

珂神把手泡在泉水裡，清爽的冰涼感沖走了肌膚的髒污，感覺很舒服。

真鐵把袖子沾濕，替珂神擦去臉上的泥巴，神清氣爽的珂神呵呵笑著。

「回家吧！」

真鐵站起來，伸出了手，年幼的珂神抓著他的手，跟多由良、茂由良一起走下剛才爬上來的斜坡。

◇　◇　◇

他用已經使不上力的手抓住樹枝，把自己的身體往上拉。

全身劇痛、呼吸困難的他，就快昏迷了。

儘管如此，真鐵還是拚命前進。他拖著沉重的身體，有時靠在樹幹上休息一下，再東倒西歪地往前走。

吐過好幾次血，按著灼熱的胸口，終於到達了泉水處。

這是很久以前，跟年幼的珂神、多由良和茂由良，一起找到的簸川源頭之一。

如果沒有受傷，要走到這裡並不難。但是，對傷勢嚴重的身體來說，這段路是很大的負擔。

因為行動的關係，裂開的傷口血流不止，淌落的血暴露了他的行蹤。

真鐵搖搖晃晃地走到泉水旁，雙膝跪地，把沾滿血的手伸進泉水中。

水不是很深，當肩膀碰到水面時，手指就摸到水底了。

他從滾滾湧出泉水的水底撿起一樣東西，緊握在手中。

那是從道反聖域奪來的八岐大蛇的額頭鱗片。

從這裡湧出來的水成為污染河川的源頭。被鱗片污染的水，顏色會逐漸改變。但是，只要除去鱗片，就會再湧出清淨的水，注入簸川。

真鐵從劍鞘拔起劍，將劍抵在左手腕上，用力割下去。

一陣尖銳的疼痛後，從傷口流出鮮紅色的血。然後，他把那隻手伸進泉水中，嘆了一口氣。

左手就那樣泡在泉水裡，身體慢慢地癱軟下來。泉水旁有顆大小剛好可以倚靠的岩石，他背靠著岩石，辛苦地喘著氣。

意識逐漸模糊了。閉起眼睛的他，耳朵深處響起真赭的聲音。

——珂神比古是……

他茫然地張開眼睛，因為下雨的關係，視線不太清楚。

抬頭看著陰暗天空的他，發現有氣息接近，屏住了呼吸。

微弱的腳步聲往這裡爬上來了。

灰黑狼和攀在它背上的少年，出現在目瞪口呆的真鐵面前。

臉色慘白的比古看到背靠著岩石的真鐵，腹部有一大片黑色血漬，驚慌失措地大叫：「真鐵……！」

嘶啞的聲音扎刺著真鐵的耳朵。

震驚的真鐵，發現眼前的他不是珂神比古，而是瑩祇比古。

比古沒有從多由良背上爬下來，不是不下來，是沒辦法下來。

能抓住狼的背就很不容易了，來這裡的一路上，他好幾次差點被拋出去，都咬緊牙鬬撐過去了。

多由良的體力也撐到了極限。但是，為了完成比古想見真鐵的心願，它還是拖著沉重的身體，把比古帶來了。

比古稍微撐起上半身，對真鐵說：

「真鐵，如果你知道把荒魂送回去的方法，快告訴我！」

地表發出鳴響，震動逐漸增強。整座山開始動搖，斜坡的小石頭啪啦啪啦往下掉。蛇體出現在峰頂的大蛇，已經看穿真鐵想把它送回黃泉之國的企圖，正在發洩它的憤怒。

真鐵嚴厲地對著急的比古說：「你問這個做什麼？」

「把它送回去！」比古毫不猶豫地大叫，大口喘著氣說：「我要把荒魂送回去！我們做錯了，我們不該讓荒魂復活。」比古一隻手抱著多由良的脖子，把臉埋入多由良的毛皮裡。「如果不讓它復活……多由良、茂由良就不會受傷。」

真鐵注視著多由良，看到了在它體內的茂由良。

茂由良的雙眸凝視著真鐵。

真鐵瞇起眼睛，心想：茂由良，你是不是都知道了？

「你要說的只有這些？」

冷淡的聲音讓比古感到震驚，猛然抬起頭。

背靠在岩石上的真鐵，冷冷地看著比古和狼。

比古顯得倉皇失措，猛眨著眼睛。

「真鐵……？」

真鐵露出輕蔑的笑容，對茫然若失的比古說：「珂神比古……不，你已經失去大王的資格，你否定了荒魂的意志，已經喪失了我們九流族的尊嚴。」

他說得很堅決，不容反駁，比古只能對他猛搖頭。

「我……我沒有那個意思，我只是說我們做錯了，所以……」

「現在沒辦法應付了，你就想半途而廢，逃之夭夭？上一代大王也太沒眼光了，你害怕了嗎？」

比古悲傷地看著從頭到尾都冷若冰霜的真鐵說：

「不！不是那樣子的，真鐵……！」

我不是害怕，只是知道做錯了，為什麼你不明白呢？

從出生時就在一起，真鐵應該比誰都瞭解比古。

現在，比古也深信，真鐵已經聽見自己的心聲，更不可能會錯意。但是，為什麼會這樣呢？

「真鐵，你為什麼……！」

比古再也說不下去了，真鐵瞥他一眼，就把視線轉向了多由良。

灰黑狼注視著真鐵冰冷的眼眸。

三角形的耳朵微微抖動著，似乎想看透真鐵的真正想法。

真鐵眨了眨眼睛。他知道就算騙得過比古，恐怕也騙不過多由良。他們一直生活在一起。珂神跟茂由良在一起的時間，他也都跟多由良在一起。

在多由良體內的茂由良一次又一次眨著眼睛，那眼神像是在控訴著什麼。

然而，真鐵並不打算回應它，因為它的眼神是在質問，究竟是誰殺了它？

真鐵握著按住傷口的右手。因為失血的關係，意識逐漸模糊，但是他還不能讓自己昏過去。

他抓痛自己的傷口，硬是靠疼痛把意識拉回來，而且咬緊牙關，不讓自己叫出聲。

多由良向前跨出一步，嗅到新的血腥味，瞪大了眼睛。

「真鐵……」

不等它說完，真鐵就厲聲喝斥：「讓開，多由良！」

灰黑狼被他的氣勢壓倒，全身顫抖，往後退了幾步。

真鐵桀驁不馴地對說不出話來的多由良和比古說：

「你們快滾！這裡不需要膽小鬼，我不想再見到你們。」

「真鐵？」

「你已經喪失尊嚴，不再是珂神比古了。所以，曾被荒魂指名過的我，就是下一代大王了。」

比古大驚失色。

「真鐵，不可以，那是……」

比古萬萬沒想到真鐵會那麼說，十分著急。

真鐵瞇起眼睛，狂妄地笑了起來。

「在你出生前，珂神比古就是我的名字。所以，現在我要取代失去資格的你，成為珂神比古。」

「真鐵！」

悲痛的叫聲敲打著真鐵的耳朵。

真鐵笑了，露出冰冷的眼神。

什麼都不要說，瑩祇比古，我知道你為什麼那麼焦躁。

我知道，所以我才要剝奪你的名字。

「不可以，珂神是大蛇，所以……」

真鐵不理會拚命想解釋的比古，對多由良下令：

「多由良，快走，荒魂就快到這裡了。看到你們，它會不高興，快走！」

狼的雙眸淚光搖曳。

它才正要開口說些什麼，就被真鐵犀利地打斷了：「這是大王的命令。」

灰黑狼呆住了。大王的命令絕不能抗拒，這是母親真赭一再叮嚀過它的話。

「母親呢……」

啪啦啪啦掉下來的小石頭打在真鐵臉上。

沒剩多少時間了。

真鐵一副喪心病狂的樣子，說：「它反對我搶走珂神的王位，所以我把它殺了。」

比古和多由良都愣住了。

「當然吧！為了完成九流族的誓願，怎麼可以放過攪局的傢伙？而且真赭的任務已經結束了，也沒理由再讓它活著。」

紅毛狼溫柔的身影，在真鐵腦中浮現又消失。

懷著身孕的狼慢慢地走過來，眼神是那麼地沉穩，從背後推了一下猶豫的真鐵。

震動愈來愈強烈，大氣中充斥著蛇神的憤怒。

沒有時間了，你們趕快走，快走啊！

「多出良，快走！」

真鐵眼底瞬間閃過的焦躁，多由良清楚看見了，於是，它明白了，不需要任何理由。從以前到現在，多由良都知道他把心放在誰身上。

灰黑狼轉過身去，抓住它脖子的比古大驚失色。

「多由良?!等等！多由良。」

嘶吼聲從地底湧上來，真鐵和比古都覺得背脊一陣寒慄。

比古回頭看，真鐵瞇起眼睛，平靜地對他說：「快走，瑩祇比古。」

微笑的臉烙印在比古眼底，心在胸口狂跳起來。

瞬間，傳來轟然巨響，大地動搖，震盪起伏。出現在山頂的蛇神蠕動起來，壓垮了鳥髮峰。

比古看到劍掉落在真鐵身旁，大雨打在劍上。

他立刻伸出手，但沒有抓到真鐵。

當年，真鐵的手曾抓住幼小的自己；而今，不知道為什麼，自己的手卻抓不到真鐵。

「真鐵——！」

咆哮聲四起，好幾條蛇尾在地面滑行，推倒樹木，撞碎岩石。

大量的沙土從坍方的山頂崩落下來。

多由良拚命地奔跑閃躲。

攀在它背上的比古哭喊著：「多由良、多由良，快停下來，多由良，快折回去！」

在天雨路滑的斜坡奔馳的多由良，用壓過轟隆巨響的嗓門嘶吼：

「不行，那是大王……珂神比古的命令！」

「多由良！」

比古雙手抓著狼的脖子，發出哀求般的聲音。

「停下來……！停下來，拜託你……拜託你折回真鐵那裡……」

狼沒有停下來。

因為知道真鐵在想什麼，所以多由良沒有停下腳步。

雙胞胎的茂由良能看透多由良的心。

但是，它更能感受比古的心情。像孩子般弓起背，哭得全身顫抖的比古的悲傷，它很能感同身受。

——珂神，不要哭了，求求你……

比古趴著猛搖頭，茂由良拚命勸他。

——你有我們呀！以前我們發過誓，會永遠在一起……

還沒說完，茂由良就突然張大了眼睛。

多由良跳過擋住去路的河川，一時失去平衡，腳重重扭傷。被遠遠拋出去的比古身體受到撞擊，不停地咳嗽。

「對不起，珂神，不，瑩祇比古。」

多由良急忙更正稱呼。比古瞇起淚眼迷濛的眼睛，看著多由良。

正要站起來時，他忽然發現灰白狼佇立在河川對岸。

「茂由良……」

比古張大眼睛，傻傻地低聲叫喚著，灰黑狼驚愕地往對岸望去。

站在河岸的灰白狼，以無法形容的奇怪眼神望著比古和多由良。

看到它的視線，比古再也忍不住地大叫：「茂由良……茂由良，快過來這裡！」

茂由良輕輕搖搖頭，眼睛眨也不眨一下，清澈的雙眸平靜地閃爍著。

——我不能過去……

多由良把身體探出河面，激動地大叫：「你胡說什麼？快過來！不然荒魂會……」

地底的鳴響愈來愈強烈，峰頂變形，逐漸被狂怒的蛇神摧毀。

比古扶著多由良的背站了起來，遠遠地伸出手說：

「茂由良……對了，我用魑魅幫你做個身體吧！這樣我們就可以永遠在一起了。」

我會讓你灰白的身軀，再次完整地呈現。

比古的眼睛淚如泉湧。不知道為什麼，茂由良平靜的眼眸，與剛才看到的真鐵的笑容重疊了。

「我們有過約定呀！茂由良……」

我們說過要永遠在一起。

永遠在一起，就不會寂寞了。

灰白狼聽著比古的話，嗯地點點頭，然後看著雙胞胎哥哥，笑了起來。

──珂神……不，瑩祇比古，你有多由良陪著你，應該沒關係。

偏著頭的茂由良，對痙攣般猛吸氣的比古說：

──因為有過約定，所以我要去。

翩然轉身後，茂由良就頭也不回地爬上了天搖地動的鳥髮峰。

「茂由良！」

多由良把哭喊的比古強行推到背上，繼續往前跑。

一起度過的十四個年頭，像跑馬燈般閃過腦海。

春天的花、夏天的風、秋天的雲、冬天的雪。

晴天時抬頭看的藍空。

在滿天星星的擁抱下，聊個沒完沒了的夜晚。

顏色逐漸改變的黎明光線。
聽著淅瀝淅瀝雨聲，一起度過的黃昏。
總是先發出打呼聲，跟自己長得一模一樣、只有毛色不一樣的狼。
一直以為，它會永遠在那裡、永遠在身旁、永遠永遠跟自己在一起。
多由良揹著哀號般痛哭失聲的比古，咬緊牙關，不停地往前跑。
它不能停下來。
因為它在真鐵眼中看到的是，他把比古託付給自己的百般無奈。
所以它絕對不能停下來。

愈來愈多沙土崩塌下來。
真鐵呼地喘了口氣。
「八岐大蛇，殺了我吧！」他淡淡笑著，閉上了眼睛。
真赭……不，是偽裝成真赭的怪物告訴過他，只有珂神比古的任務是真的。
最後，珂神比古必須獻出他的生命，把荒魂送回黃泉之國。
只要蛇神的靈魂留在這世上，大妖的身體就會不斷重生，永無止盡。
想把八岐大蛇遣送回去，就必須用珂神比古的生命打開一條路，把留在這世上的大

蛇之魂送回黃泉之國。

所謂珂神比古，就是要把生命、把身體，全都奉獻給九流族子民的人，擁有神的力量，時而展現這股力量，讓大家敬畏他。

來吧！八岐大蛇，在我的生命終結時，你的靈魂也將回到黃泉之國。你可能很想阻止這樣的事發生，但是，太遲了，因為你選擇了我當珂神比古。

真鐵笑著，但沒有笑出聲。這時，他聽到微弱的腳步聲，揚起了視線。

只有朦朧輪廓的灰白狼，正直直注視著自己。

真鐵幾乎忘記了呼吸，張大眼睛。

「……茂由良，你怎麼會……」

茂由良瞇起眼睛，笑著對震驚得說不出話來的真鐵說：

——瑩祇比古有多由良陪伴。

它搖搖擺擺地走到真鐵面前，一屁股坐下來，偏著頭說：

——我們有過約定呀！

在很久以前。

「……約定……」

真鐵喃喃自語，茂由良對他點點頭，眨了眨眼睛。

那模樣跟往日的情景交疊在一起。

——我們會永遠在一起。

灰黑小狼和灰白小狼站在一起，抬頭看著真鐵。

——就這麼說定了哦！我們要永遠在一起，這樣就不會寂寞了。

當時，真鐵眨眨眼睛，苦笑著抓了抓多由良和茂由良的頭。珂神也一樣，撫摸著兩隻狼的頭——

真鐵的嘴唇微微動了一下。

「……」

我們要永遠、永遠在一起，這樣就不會寂寞了。

沙土啪啦啪啦滑落下來，同時響起了大妖的咆哮聲。

「茂由良，殺死你的是……」

灰白狼眨了眨眼睛。

——不是你吧？真鐵。

茂由良終於問了。真鐵瞇起眼睛，嘶啞地回答：「剛開始是我放魑魅攻擊你，但是……」

最後的致命一擊，不是來自真鐵。

茂由良呼地鬆了一口氣。

——那就好，不是真鐵就好。
狼的表情如釋重負，真鐵把手伸向它的脖子，再把頭埋入它的灰白毛裡。
被雨淋濕的臉，滑下溫熱的淚珠。
茂由良抬起頭，閉上了眼睛。
轟隆聲逐漸迫近。
——我們會永遠、永遠……
話還沒說完，就被淹沒了。
如雪崩般滾落的沙土，瞬間吞噬了兩人的身影。

＊　＊　＊

瑩祇比古。
倘若，某天你可以使用這個名字。
表示你已獲得自由。
那是注入了我們的期望的言靈。

期望你可以解脫大王的職責，不再受大王的使命束縛。
獻出生命、將大妖八岐大蛇送回黃泉之國，是珂神比古最後的任務。
祭祀王珂神比古，大蛇的力量、生命，全都掌握在你手中。
在你被大蛇指名時，就已經決定了你的命運。

但是，瑩祇比古——

我們期望你不是珂神，也不是蛇身。
悄悄懷抱著這樣的小小心願，應該不是罪過。

瑩祇比古。

為了某天、或許會到來的某天。
讓我們在你的靈魂，刻上不受任何束縛的這個名字。

＊　＊　＊

這次，非驅散不可。

驅散污染簸川的大妖詛咒。

驅散覆蓋天空的烏雲。

✖ ✖ ✖

多由良奮力疾馳，衝下形狀正快速變化的鳥髮蜂。

眼睛稍微一瞥，就看到在山頂上蠢動的影子往這裡移動。

它不禁毛骨悚然，八岐大蛇正在追他們。

「已經沒有東西可以把大蛇的靈魂留在這世上了。」

聽到耳邊的低語，多由良張大了眼睛。

「珂神？不，瑩祇、比古……」

比古拍拍多由良的脖子，平靜地說：「叫我比古吧……真鐵有時候也會這樣叫。」

胸口像灼燒般刺痛，但是，現在不是沉浸在感傷裡的時候。

眼睛紅腫的比古瞪著峰頂。

現在，比古才徹底瞭解珂神比古的使命，也知道真鐵代替他扛起了所有的一切。

「必須阻止荒魂……阻止這場雨……」

比古喃喃說著，呼吸變得急促。光挺起上半身，就覺得暈眩，沒有做過任何治療的傷口發燙疼痛。

多由良放慢腳步，擔心地回頭看抱著肚子、呼吸困難的比古。

「比古，找個地方休息吧……」

但是，比古滿臉蒼白地搖著頭說：「八岐大蛇……快追來了……」

荒魂知道比古可以阻止這場雨，所以它要殺了比古。

他強撐著抬起頭，指著遙遠的地方。

「往……那道光柱走……」

那個方向是道反聖域。大蛇的蛇頭都集結在山峰的另一面，十二神將和昌浩應該都在那裡。

熬過一陣疼痛後，比古咬緊牙關說：「多由良，去那裡……」

他們從斜坡繞一大圈到東面，再從東面往北走。直接從山頂翻過去，是最快的路線，但是大妖就在那裡，那樣走等於去送死。
多由良在東面的陡急斜坡上疾馳，東面因為岩石多不好走，所以平常不太會來這裡。
每往前一步，身體就更沉重。多由良屏住氣息，強撐著向前走。
坐在背上的比古已經不能動了。可能是震動使傷口惡化，他全身癱軟，氣若游絲。
「比古、比古，你振作點！」
不管怎麼搖他，都只有微弱的回應。
多由良焦躁起來，必須趕快讓比古休息才行。
還要縫合他自己刺穿的腹部傷口，不然會有生命危險。
「比古，就算你要奪回自己的身體，也不該那麼做……！」
多由良的責罵參雜擔憂與氣憤，敲擊著比古的耳朵。他緩緩地抬起頭，微微一笑。
「我很有膽量吧……」
「比古！」
灰黑狼的語氣更兇了，比古抱住它的脖子，頹喪地說：
「不只傷害茂由良，還傷害了你，我真的很難過……」
被珂神比古控制時，比古在心底深處看到了所有經過。他看到大蛇操縱雷電擊碎了

灰白狼的屍體，看到連一根毛都不剩的茂由良。

緊緊摟住狼脖子的比古，眼中泛著淚水。

「嗚……！」

他想起最後浮現笑容的真鐵，想起笑著轉身離去的茂由良。

如果真鐵說的話是真的，那麼，不見蹤影的真赭已經死了。

所有重要的人都被沙土掩埋了，現在只剩下手中擁有的體溫。

比古摟著多由良脖子的手，咻地滑落了。

「比古?!」

大驚失色的狼聽到微弱的聲音說「我沒事」。

「可惡……！」

多由良往前衝，但是地面震動，站不穩，沒辦法前進。

可怕的氣息降落在附近，發出窸窸窣窣的聲響，穿過風和雨，追著多由良和比古來了。

狼猛然回頭，看到好幾條蛇尾擊碎了岩石，逐漸逼近這裡。

「唔……」

狼試著往前跑，但是震動愈來愈強烈，絆住了它的腳。

再怎麼奮力跳躍，跳起的力量還是不夠，到不了目標中的岩石，只有前腳勉強搆到岩石表面，就那樣懸掛在半空中，比古從背上滑了下去。

「啊……」

多由良張大了眼睛。野獸的四肢抓不住少年。此時，往上衝撞的震動，使所有岩石都搖晃了起來。

多由良和比古的身體被拋飛出去，就那樣往下墜落。正下方是凹凹凸凸的無數突起，摔下去必死無疑。

拚命伸出去的爪子，只是在岩石表面留下抓痕而已。

「真鐵……」

多由良彷彿聽到比古的慘叫聲，扯開喉嚨大叫：「救命啊——！」

瞬間，一陣強風由下往上吹，把他們包住了。同時，從岩石後面冒出一個身影，以無比哀痛的聲音叫著：「比古……！」

差不多大小的手，抓住了比古伸出來的手。

對於手造成的衝擊貫穿腹部，比古發出青蛙被壓扁般的慘叫聲。

同時，多由良也被強壯有力的手抓住，跟著風一起往上飄浮。

包住多由良的風彈開了雨，降落在稍大的岩石上。

是剛才從上空發現昌浩他們，飛下來會合的白虎的風。

白虎正在替倒地不起的多由良檢視傷口，問：「昌浩，你那邊怎麼樣？」

昌浩把手壓在仰躺著的比古肚子上，緊張地說：「看起來很嚴重……勾陣，大蛇呢？」

站在他們前面的神將勾陣警戒地巡視周遭。

「很近了——」

突然，一陣寂靜。緊接著，轟隆巨響劃破寧靜，大蛇的尾巴從地底竄了出來。

腳下的岩石被撞得粉碎，所有人都被拋向了上空。

白虎的風包住所有人，在大雨中飛起。

追殺他們的八條蛇尾繞到前方，意圖結合起來擊落他們。

勾陣的通天神力爆開來，將發動強烈攻勢的蛇尾彈飛，其他人立刻乘機飛向了鳥髮峰北面。

從巨大身體延伸出來的八個蛇頭，在山峰一角蠢蠢蠕動著。那裡原本是森林，在經歷大蛇與神將們的熾烈戰鬥後，變得光禿禿的。

被風包著在空中飛翔的多由良，茫然地看著高度比原來矮了半截的山峰。完全變形的山峰上，盤據著大蛇。

「白虎，比古和多由良交給你了。」

昌浩說完，便跟勾陣一起跳出了風的保護牆。

在著地前都有風包著他們，所以降落時的衝擊並不大。落地後，昌浩立刻衝向了咆哮著滿地爬行的大蛇。

紅蓮正一個人對付著大妖。沒看到六合跟風音。

灼熱的鬥氣沖天，紅蓮把全身力量都注入了手上那把劍，從容不迫地舉起了手。

五尺長的大劍往下一揮，不知道為什麼，沒碰到大蛇，就把位於劍尖延長線上的蛇頭劈成了兩半。

「咦？」

昌浩一時無法理解發生了什麼事。

「唔哦哦哦！」

紅蓮發出淒厲的怒吼聲。

長劍迸放出驚人的神氣，在啞然失言的昌浩面前舞動。先一刀砍斷旁邊衝過來的獨眼蛇頭，再從稍遠的蛇頭的眼睛下方，一刀橫切過去。

通天神力爆發，紅蓮的火焰轉為金色熱氣，順著長劍無限延伸。這道無形的光，就像揮起巨大的劍般，砍斷了大妖的身體。

「好厲害……」

昌浩看得目瞪口呆，勾陣不耐煩地撩起劉海說：「強到這樣，就有點誇張了。」

紅蓮的嘶吼聲震天價響，所有的通天神力都灌注在劍身。仔細看，會發現他雙手微微顫抖，青筋浮現。

從他使用的重量超越想像的巨大武器，就可以知道為什麼了。

昌浩看得呆若木雞，眨眨眼睛說：「紅蓮總不會就是這麼厲害吧……」

「就是這麼厲害啊！他可是最強的。」

站在旁邊的勾陣拍拍腰間的兩把筆架叉。原本失去的一把又回來了，所以又恢復了熟悉的重量。

「對了，六合跟風音呢？大蛇淋雨後可以無限重生，光靠騰蛇一個人，也支撐不了多久吧？」

昌浩把嘴巴抿成一條線，抬頭仰望天空。道反所在的遙遠北方升起了晴明做出來的光柱，那是清除污穢的秘術，會慢慢地驅逐烏雲。

但是，沒辦法到達這裡。

給予大蛇力量的烏雲，到底是什麼？

此時，白虎在他們旁邊翩然落地。他把比古和多由良放下來，擔心地說：

「他們已經很虛弱了，要趕快治療才行。」

昌浩蹲在臉色慘白的比古身旁，叫喚他的名字。

「比古、比古。」

隔了一會兒，比古才微微張開眼睛。

他像是有點張不開似的眨著眼睛，看到了身旁的昌浩。

「啊，昌浩……」

昌浩對聲音嘶啞的他點點頭，把視線轉移到上空。

比古也跟著他往上看。

白虎正用風甩開下個不停的雨。如果直接淋到雨，神氣就會被削弱。靠風來擋雨，會消耗力量，但是現在只能這麼做。

昌浩對著臉色慘白的比古問：「比古，烏雲為什麼不會散？雨為什麼下個不停？」

意識不是很清楚的少年斷斷續續地回答：「那是……九流族的……悲嘆……」

所有人都倒抽了一口氣。

比古呼吸困難地接著說。

是珂神比古讓一切都成了實體。

降下大蛇毒血的雨，是九流族靈魂被送往黃泉之國的大蛇那裡後，凝聚而成的。

對中央政權的恨深植在心中某處的靈魂，死後成了邪念的凝聚體，給予大蛇源源不

絕的力量。

大蛇是屬水性。從神治時代以來不斷膨脹壯大的九流族邪念，為了屬水性的大蛇，以雨雲的形態呈現，覆蓋了整片天空。

「被瀑布沖走的遺體……失去原形……溶入水中，沉沒在這座鳥髮峰底下……」

比古閉上眼睛，淚水從他眼角滑落下來。

「我必須解放他們……因為我是……大王……」

即使只剩下他一人，他也不會放棄身為九流族之王的驕傲。

他要解救人民的生命、人民的心，終止這場雨，淨化污染這片大地的邪念。

「我要……終止這場雨……」

昌浩握住比古伸出來的手說：「讓我來吧……」

昌浩下定決心，抬起了頭。

他要淨化覆蓋整座山峰的邪念，解放經過漫長歲月凝聚而成的所有怨念。

紅蓮揮砍著蛇頭，抖動肩膀喘著氣。

「可惡……」

老實說，他已經撐到了極限。雖然改成了土的屬性，但還是贏不了大蛇的重生能

力。要是不想辦法應付，他很快就會筋疲力盡。

忽然，風停了。

沉重又黏稠地纏繞在身上的風，忽然靜止了。

「怎麼回事？」

就在他喃喃自語時，環繞烏髮峰的銀白色保護牆咻地噴射出來。

強烈的神氣貫穿黑雲。

大感震驚的紅蓮，看到某人繞著山峰而來。

「風音……?!」

六合也從相反方向疾馳而來。

看到昌浩他們，兩人在紅蓮與昌浩之間停下腳步。

「圍住山峰的保護牆支撐不了多久，趁現在快收拾大蛇！」

聽到風音這麼說，紅蓮咂了咂嘴。

「妳說得倒簡單……」

保護牆外的大片烏雲正逐漸散去。只要切斷來自山峰的邪念，烏雲就會被出雲大地釋放出來的神氣驅逐消失。

「風音，妳做了什麼？」勾陣問。

風音撥著劉海說：「我在環繞山峰的十二個方位埋下了我的頭髮，用靈力連接起來。但是，邪念比我想像中還強，不斷從地底下冒出來，所以還是要斬斷根源。」

由於要把強烈的邪念沉澱的地方都圍起來，所以面積比想像中大很多。她跟六合花了將近一個時辰，才終於築起了結界。

昌浩看著重整呼吸的風音說：「接下來交給我。」

風音聽得出昌浩是認真的，緊張地說：「你明知自己的力量很危險，還要那麼做？」

天狐的力量現在是靠風音的頭髮控制著，但只能撐過一時。

只要燃燒起來，天狐之火就會失控，燒毀昌浩的靈魂。

風音看著昌浩，說不出話來。因為自己的關係，現在昌浩沒有丸玉的輔助就看不到妖魔。

她的臉與道反女巫相似，但是雙眸比女巫更加有神。

昌浩知道她擁有強大的力量。

但是，這件事必須由自己來做。

他要代替比古去做。比古救過垂死的自己，該替他扛起悲哀誓願的人是自己，而不是風音。

大蛇的咆哮在山峰迴響。

勾陣拔出筆架叉，掃視過所有人說：「昌浩，大蛇由我們來對付，其他的交給你了。」
這句帶著笑意的話，決定了由誰去做。
風音皺起了眉頭。勾陣從她身旁走過，低聲對她說：
「妳也一樣撐不了多久了吧？」
鬥將中唯一的女性勾陣瞥了風音一眼，一躍而起。
風音咬緊嘴唇，閉起眼睛，心想居然被看透了。
忽然感覺到有股視線，抬起頭，迎面而來的是黃褐色的眼眸。
她甩甩頭，回頭對昌浩說：
「我知道了，但是，光靠那根頭髮沒辦法壓制天狐的力量。」
看到昌浩正按著手腕上的頭髮，她出奇不意地接著說：
「試圖壓抑反而會反彈，所以你就解放那個力量吧！」
「咦……？」
昌浩大驚失色，站在後面的白虎緊張地說：「慢著，這麼做，昌浩會沒命……」
「我知道，」風音打斷風將的話，望著烏髮峰說：「但是，騰蛇和勾陣沒辦法阻擋大蛇太久，結界也撐不久，所以最好的辦法就是解放昌浩的力量。」
「可是……」昌浩不由得叫出聲，走向風音說：「我現在沒有丸玉，如果那麼做……」

「有我在，」風音把手按在胸口，宣示說：「我可以代替丸玉，承接你所有的一切。」

出雲的丸玉是風音的父親道反大神之神力的具體展現，之所以能鎮住昌浩的力量，是因為昌浩爆發出來的力量與道反大神同性質。

「蛇神屬水性，那麼，九流族的邪念應該也是。土剋水，也就是說土可以制水。昌浩，你的力量就是土性。」

昌浩張大了眼睛，恍然大悟。

以前都沒想到，的確是這樣。

「天狐是屬土性……！」

昌浩喃喃說著。風音對他點點頭，把右手食指和中指放在他的額頭上，讓他的靈魂波動與自己同步調。

昌浩的胸口撲通撲通搏動起來。

火焰在體內深處搖曳，但是，完全感覺不到伴隨而來的痛苦。

昌浩按著胸口，注視著風音。

風音把手指向烏髮峰，催促他說：「形成雨雲的邪念就在那裡。」

昌浩毅然決然地跑向峰頂。

白虎的風包住了奔跑的昌浩。

「白虎！」

「我們走！」

颳起的風呼嘯而去，吹動了僅剩的樹木。

飛到大蛇盤據的鳥髮峰上空後，昌浩整頓呼吸，打起手印。

「白虎，我一發出信號，你就把我放在那裡。」

昌浩指著大蛇身體的正中央。白虎驚訝地看著他，他露出堅決的眼神，對白虎點點頭。

身體感覺很輕盈，完全沒有盤據在體內的灰白火焰所帶來的痛楚。

大蛇的蛇腹蜿蜒扭擺，八條尾巴和八個頭都蠢蠢蠕動著，全身都顯現了。

「就是現在！」

從風膜跳出來的昌浩，直直跳向大蛇背部。

雨和風襲向昌浩，大蛇迸開強烈的妖氣，向上噴射，灌入肺裡的妖氣像是灼燒著胸口。

昌浩不顧一切地吶喊：「今斯於此……！」

他解放所有靈力，集中於一點。

瞄準的是大蛇身體裡的心臟，還有沉澱在那底下、在大地深處的邪念。就是透過大蛇噴出來的瘴氣，轉化成烏雲，污染了這個國家。

「菅搔之彈奏非為吾等之樂……！」

跳到大蛇背上時，他靠膝蓋的彈力減緩了反衝力，但還是站不穩，搖晃了一下。

大蛇背上的鱗片比想像中堅硬，就像一座岩石山。

一股寒意從碰觸到鱗片的地方竄升上來，大妖的瘴氣扎刺著肌膚，彷彿就要侵入體內。

如水般濃密的瘴氣阻礙了呼吸，昌浩踩穩腳步，雙手擊掌。

若在這種時候倒下，會被正在跟大蛇生死鬥的紅蓮和勾陣斥責。

「柔化神之御心，恭迎至此鮮潔之神座！」

神咒是言靈，擊掌是音靈。

呼吸困難、搖搖晃晃的昌浩，靠意志力支撐著身體。頭不但暈眩，而且劇烈疼痛。

太過強烈的邪念，使昌浩的意識變得模糊不清。

全身開始戰慄，他就快跪倒下來了。

這時候，他聽到衣服裡的香包與衣服相摩擦的微弱聲響。

昌浩張大了眼睛。

眼前浮現閃爍的劍光，還有以驚人的力氣將他推倒、代他承受劍擊的少女的身影。

耳邊還傳來她呼喚自己的聲音。

「唔……」

昌浩咬緊了牙關。

他非回去不可，回到彰子等待的地方，不可以在這裡倒下。

「伊吹戶主神，請將罪惡污穢遠遠驅至黃泉之國……如吹散天之八重雲般，驅逐災禍之風。」

他單腳跪下，把右手按在大蛇背上。纏繞在手腕上的黑髮，瞬間斷裂粉碎了。

如果沒有風音，昌浩現在恐怕會因為無法忍受的痛楚而滿地翻滾。

「伊吹、伊吹呀，此伊吹呀，請化為神之伊吹——！」

神咒才剛完成，昌浩的身體就爆發出超乎常人的力量。

上通天神的天狐之力更加強了神咒的言靈，貫穿大蛇的背部，深入到地底下。

沉澱在山峰底下的邪念，映入昌浩「眼」底。開始膨脹抗拒的邪念，掙扎著要爬出地面。

昌浩擊掌，閉上眼睛。

「敬畏之素盞嗚男神、足明槌神、手名槌神、奇稻田姬神。」

這裡沒有關邪用的樹枝、也沒有神社的鳥居或麻布條，可以用來當神的附體。然

2
1
3

而，這裡是古代神明降臨的場所，也是天津神殲滅大妖的地方。

只要靠伊吹之神灌滿清靜的力量，這座山峰本身就能成為神的附體。

因為出雲充滿神的氣息，才能達到這樣的效果。

「奉請神明降臨此神之附體。」

沉澱在地底下的邪念噴上來，大蛇的蛇體也滿地翻滾，發出驚天動地的咆哮聲。跟以前不一樣，顯然是痛苦的哀號。

「天之息、地之息、天之比禮、地之比禮、空津彥、空津姬、奇光。」

從天與地雙方匯集而來的神靈波動，貫穿大蛇、衝破烏雲，天照大神的光輝再度照耀出雲大地。

清靜的神氣掠過昌浩的身體，他屏住氣息，結起刀印。

先畫出一個「八」，再從中間斜揮下去。

「喝！」

響起清脆的聲音，畫在半空中的「八」光芒閃爍，周遭一片靜寂。

緊接著，大蛇的身體發出轟然巨響，往地底下沉陷。

白虎滑空而下，及時抱住身體傾斜的昌浩，飛上了天空。

確定昌浩被白虎帶走後，紅蓮使出渾身力量，把劍刺向大蛇的身體。

「喝！」

蛇體裂成兩半。

勾陣衝上蛇頭，以全身力量揮下筆架叉。

八個頭全被殲滅，這次沒有再重生，全都冒著白煙粉碎瓦解了。

蛇體和八條尾巴也一樣，鱗片剝落、肌肉消失、骨頭碎裂。

噴上來的瘴氣撥開烏雲，大雨逐漸遠離。

紅蓮摘掉三種玉石串成的御統，以僅存的力量召喚白火焰龍。

「到此結束了！」

形成強烈火柱往上噴的白色火焰，吞噬了鱗片、骨頭等所有一切，燃燒的火焰衝上天際。

一切結束後，六合抱起癱倒的風音。

承接昌浩身上所有痛楚的風音不斷吐血，痛暈了過去。

六合用靈布包住痛苦掙扎的她，一直把她抱在懷裡。

看到她痛得不時向後仰，發出慘叫，六合就把自己的手放進她嘴裡，讓她咬著，以

免她咬到舌頭。

在不能昏過去的痛楚中，她吐了好幾次血。淺色衣服的胸口，已經形成一片黑色血漬。

計算起來，並沒有經過多少時間，卻像漫無止境的痛苦。

解放邪念後，騰蛇和勾陣聯手擊潰了大蛇。雲被驅散，帶來污穢的雨不再下了，幾天不見的太陽，終於照耀在形狀大大改變的烏髮峰上。

風音疲憊地張開眼睛，聲音嘶啞地說：

「彩……輝……結束了嗎？」

「是的。」

六合壓抑著情感，簡短地回答。風音微微一笑，在抱著她的六合耳邊輕輕地說：

「這件事……不要……告訴昌浩……」

殘存的痛楚還在她體內奔竄。

六合緊咬著下唇。她對他搖著頭說：

「我……我沒事。」

比起自己曾經帶給他們的折磨，這點疼痛根本微不足道。

11

安倍成親離開陰陽寮時，比規定時間稍晚，已經酉時了。

平常他都是直接回家，今天要先繞到其他地方。

母親露樹看到早上也來過的成親，露出驚訝的表情。

成親問爺爺回來了沒？母親笑著對他點點頭。

「終於回來了？」

他鬆口氣，走向祖父的房間。

「爺爺，我是成親。」

他才剛出聲招呼，裡面就有人叫他進去，但不是祖父的聲音。

「咦，剛才是……」

他疑惑地拉開木門，看到正襟危坐的天后和盤腿而坐的青龍，兩人面前是垂頭喪氣的太陰和雙手環抱胸前的晴明，形成非常奇妙的畫面。

剛才叫他進來的應該是青龍。

「喲，成親大人。」

聽到難得聽見的聲音，成親回過頭看，是攏手站著的太裳，正對著他呵呵笑著。

「怎麼了？難得你會在這裡呢！」

「就是啊！我正在想差不多該走了。」太裳瞄晴明他們一眼，低聲苦笑著說：「他們剛剛回來，青龍的雷霆有點劇烈……」

「『有點』嗎……？」

光看青龍的背影，就可以知道他有多生氣。太陰老低著頭，除了表示反省之外，恐怕更大的原因是嚇得無法直視青龍。

「這裡變得有點擁擠，所以我先告辭了，請代我問候大家。」

太裳一鞠躬就隱形了，神氣也隨著消失。

屋內陷入尷尬的沉默。

站在木拉門前好一會兒的成親，大刺刺地移動到青龍和晴明旁邊坐下。

青龍看也不看成親一眼，直直瞪著晴明。

天后冷冷地瞪著正前方的太陰。

那樣子實在太可怕了。成親不知道發生了什麼事，不過他可以確定，太陰得到解放

後，一定會窩在異界一段時間。

怎麼等都沒人有動作，成親只好嘆口氣，舉起手說：「呃，青龍，可以打攪一下嗎？」

這時候青龍才把視線轉向成親。

看到沉默地催促著自己的青龍，成親覺得有點可怕，但還是開口說：

「爺爺，皇宮裡有件令人擔心的事，我想聽聽您的意見。」

成親看著祖父，不由得張大了眼睛。

仔細一看，祖父整個人顯得很憔悴，兩頰都消瘦了。

「有點過度勞累……」

「有點?!」

青龍咬牙切齒地低聲咒罵，帶著殺氣的眼神射穿晴明，從全身散發出怒氣的波動。

嗯……真的很可怕。

成親不由得冒出一身冷汗，老人卻悠悠地對他說：

「對不起，成親，我現在有點忙，明天再說吧？」

成親交互看著老人與神將，只能乖乖聽話，行個禮後站了起來。

躲在堤防下的小妖們，目送著從安倍家走出來的成親的背影。
「剛才的確吹過神將的風吧？」猿鬼不確定地問。
龍鬼和獨角鬼點點頭說：「晴明應該也一起回來了。」
「不知道能不能見小姐，我們去問問看吧？」
龍鬼和猿鬼跟在走得東搖西晃的獨角鬼後面，來到安倍家門前。
「一起喊～小姐！」三隻齊聲叫喊。
沒多久，神將朱雀出來了。
「原來是你們。」
「啊，式神，小姐還躺在床上嗎？」猿鬼問。
朱雀回頭看著屋內說：「沒有，剛才醒過來了。可是剛醒來，還不能見你們。」
朱雀拉回視線，看到三隻小妖的神情都很沮喪。
「小姐身體不好，我們就覺得很寂寞。」
「請轉告小姐，希望她快點好起來。」
獨角鬼和龍鬼接連著說，朱雀對它們點點頭，關上了大門。
三隻小妖沒有回去平常住的地方，走向車之輔所在的戾橋橋下，在輪子後面坐下來。
「待在這裡，隨時都可以去見她。」

「式神就在附近，如果有可怕的傢伙出現，也比較不怕。」

「如果孫子可以早點回來，就更好了。」

聽著它們對話的妖車車之輔嘎噠嘎噠地搖晃車轅，點頭說「是啊」。

✖ ✖ ✖

昌浩張開眼睛，搞不清楚自己身在何處，視線在半空中游移。

「你醒了？」

他轉過頭，看到勾陣雙手環抱胸前，坐在地上。

「呃，這裡是……」

「是道反的隧道入口處，守護妖們怎麼樣都不答應讓他們進去。」

勾陣指著躺在地上的比古和多由良。

「我們沒有治療傷勢的法術，只好等你醒來。」

「哦，這樣啊。」

終於搞清楚狀況的昌浩撐起了上半身，雙手抵著地面，正要站起來時，才看到白色

小怪隔著勾陣，趴在另一邊。

「小怪？」

昌浩疑惑地皺起眉頭，小怪舉起右前腳回應他：「哦……昌浩，你身體還好吧？」

聲音聽起來有氣無力，昌浩愣愣地點著頭說：「嗯、嗯，好像還好。」

「是嗎……那就好……」

小怪的語尾幾乎沙啞到聽不見，它從來沒有這樣過。

「勾陣，小怪怎麼了？」

勾陣滿不在乎地站起來，拎起小怪的脖子。

「勾……！」

懸掛在半空中的小怪沒有反抗的樣子，只有夕陽色的眼睛露出兇光。

「昌浩已經清醒了，你可以放心了吧？快沉入湖底！」

「我又沒有受傷……」

「你的神氣都被御統消耗光了，現在連動都動不了啦！」

「那根本不是問題……」

「白虎，昌浩拜託你了。」

勾陣不理睬小怪的抗議，把視線投向坐在對面的同袍。舉起一隻手表示同意的白虎，看到昌浩瞠目結舌的樣子，筋疲力盡的臉上露出苦笑。

「它真的累慘了。」

啞然失言的昌浩，忽然發現比古正緩緩轉動著脖子。

然後，視線停在昌浩身上。

「比古。」

昌浩在比古身旁蹲下來。比古扶著多由良的背，撐起了上半身。

背靠著狼的比古與昌浩面對面，說：「我們錯了……」

「嗯……」

小怪和勾陣看著他們交談，判斷沒有危險才鬆懈下來。

「我們走吧！」

「去哪？」

「那還用說嗎？啊，不用擔心，你在湖底沉睡期間，有我陪著昌浩。」

「喂！等等。」

「我聽不見、我聽不見。」

勾陣拎著小怪，消失在隧道深處。原本還聽得到他們抬槓的聲音，只是聽不清楚在說什麼，後來連聲音都聽不到了。

昌浩和比古沉默地看著彼此。

先打破沉默的是比古。

「昌浩，你幾歲？」

「呃，十四歲……」

比古瞇起了眼睛。

「那麼，比我小一歲……不過，你個子很小呢！」

昌浩不高興地反駁：「我很快就會長高，而且會比你高。」

比古低下頭竊笑著。昌浩不高興地看著笑得肩膀顫抖的比古，忽然發現有水珠答答滴落下來，嚇了一大跳。

低著頭、肩膀還在顫抖的比古喃喃說著：「真鐵……比我大八歲……」

昌浩「嗯」地應和。

讓比古靠在背上的多由良，下巴搭在交疊的前腳上，尾巴不時地撫摸著兄弟的背部。

「茂由良跟我……同一年生……和多由良是雙胞胎。」

昌浩只是「嗯」地應和。

比古用力交握的雙手，皮膚被指甲抓破，泛起朱紅色。

昌浩低著頭，直盯著比古的手。

這種時候，他好恨自己不知道該說些什麼，懊惱不已。

陷入沉睡的風音，在黑暗中聽到微弱的叫聲。

——……救……

風音的身體動了一下，臉部表情有些扭曲。在她身旁的六合與小烏鴉默默地看著她。

「唔……」

猛然張開眼睛的風音，像受到什麼刺激般彈跳起來。

但是一陣暈眩，又倒了下去。烏鴉不滿地看著接住風音的六合，好恨自己的翅膀完全派不上用場。

看著烏鴉啪答啪答地從房間飛走的六合，發現風音緊緊抓住自己的手，樣子不太對勁。

「怎麼了？」

風音東張西望了好一會兒，眼神有些忐忑不安。

「……剛才……」

她聽見了聲音。

——救救我！

是走投無路的悲痛聲音。

昌浩目送著少年與狼離去，白虎若有所思地看著他。
他感覺到白虎的視線，抬起頭問：
「怎麼了？」
「沒什麼……」
白虎覺得，昌浩好像更成熟了一點。
不過，說不定只有自己這麼覺得。
他拍拍昌浩的肩膀，轉過身去。
「回聖域吧！還有很多事要做。」
據說，大蛇的鱗片被埋在鳥髮峰的沙土之下。既然這樣，應該被最後的法術一起淨化了。
但是，這片土地的污穢還沒有完全消除。光靠晴明施行的淨化秘法，還是沒有辦法徹底清除彌漫在出雲的大蛇妖氣。
因為規模太大了。
昌浩心想，必須竭盡所能做些什麼才行。
「反正小怪也還沉在湖底……」

起碼要等小怪醒來才能回京城。

昌浩盯著自己的手，垂下了視線，他想起自己違背了約定。

但是，他也跟晴明約定了另一件事。

那就是……

不會忘記那分沉重。

不會忘記那分恐懼。

如果忘記，下次自己恐怕就真的會走偏了。

看著暮色逐漸蒼茫的天空，昌浩暗自下定了決心。

他要把那種心痛的感覺，深深烙印在心底深處。

再抬頭遙望時，已經看不見少年與狼的身影了。

「……比古……」

雖然沒有許下任何承諾。

然而，昌浩知道。

「總有一天，我們會再重逢……」

✱ ✱ ✱

這座山峰的山頂，原本更高。
他們很喜歡從那裡俯瞰風景，躺在那裡吹風打盹，是小小的幸福時刻。

慢慢、慢慢爬上去的比古和多由良，環視已經完全變形的山頂，露出難過的神情。
比古一屁股坐下來，疲憊地喘口氣。
「比古，你還好吧？」
多由良憂心忡忡地看著他。不知道為什麼，它身上的灰黑色毛顏色變淡了。
很可能是因為茂由良待在它體內太久，或是跨越生死線時的震撼，改變了它的毛色。
多由良的毛變成有點暗的灰色。
比古瞇起眼睛，看著夕陽照耀下的狼。
「啊……」
「比古？」
多由良偏起了頭，比古淡淡一笑說：
「在陽光下，毛色會變淡……」
灰色的毛在夕陽照射下，看起來顏色更淡了。

比古的眼神閃過哀戚。

「好像茂由良還在……」

狼的眼睛顫動了一下，輕輕點頭說：

「在啊，在這裡……」

多由良和茂由良是雙胞胎。以前真鐵說過，它們原來是一條生命，因為神一時心血來潮，就變成了兩條生命。

「所以，茂由良也在這裡。」

「嗯……」比古只是淡淡回應，咬住了下唇。

「失去」的痛楚，會不會有消失的一天呢？

久違的夕陽，刺得眼睛疼痛。

原來太陽是這麼溫暖的顏色？

比古站起來，把手放在多由良頭上。

他僵硬地一再撫摸多由良的頭，然後拍拍它的脖子。

遍佈全身的傷痕，終有一天會痊癒。光禿禿的山頂，終有一天也會再長出滿地的花花草草。

時間會掩蓋一切，緩緩地流逝。

忽然，一陣風拂過兩人的臉頰。

比古和多由良彷彿聽到微弱的呼喚聲，猛然回過頭看。

灰白狼和目光柔和的少年，佇立在夕陽下。

「你們……」

但是，很快就消失了。

不由得伸出去的手，再也抓不到渴望的東西。

搆不到的手指，再也抓不到那雙手。

比古摸著腰間的劍，低下了頭。

那是道反公主還給他的劍，是九流族代代相傳的劍。

是「真」神賜予的鋼「鐵」之劍。

比古和多由良眺望著遙遠的天際。

被暮色薰染的天空，顏色跟大蛇的眼睛不一樣，真的、真的很溫柔。

那是很久以前彼此許下的承諾。

——我們要永遠永遠在一起哦！

——就這麼說定了哦！我們要永遠在一起，這樣就不會寂寞了。

那是絕不褪色的誓言。

從那天起，就清清楚楚地烙印在他們幼小的心靈上。

後記

這是《少年陰陽師》的第十九卷。
連外傳，總共二十本了！好厲害，這都要歸功於讀者們的厚愛。
謝謝大家，今後也請多多支持。

連續三個月出版新書，又稱「死之長路」的日子，終於到這本結束了。
每個月都有自己的書出版，真的是感觸良多，不過，說真的，差點掛了。我在心中狠狠發誓，再也不要這樣緊握著「去另一個世界」的車票了（可是，我覺得為了讓大家開心，我可能還會再做出什麼事來……）。
加油呀，結城！我要比平常更嘉獎自己。辛苦了，結城！我要比平常更慰勞自己。還努力寫出了ＤＶＤ和遊戲特別附贈的作品，我真的太偉大了，我不得不拚命稱讚自己。
這幾個月，雖然好幾次彷彿看到了另一個世界，但是也有不少收穫，所以結論是all right！
現在就來公佈久違的人氣排名吧！

這次的候選人特別多，是有史以來最多的一次。
第一名，昌浩。
第二名，十二神將的騰蛇，晴明替他取的名字是紅蓮。
第三名，怪物小怪。
以下是六合、勾陣、玄武、青龍、太陰、珂神比古、太裳、彰子、結城、爺爺、茂由良、凌壽、年輕晴明、天后、高淤、若菜、章子、越影、風音、成親、白虎、獨角鬼、天一、車之輔、ASAGI櫻老師、朱ranger。
不知道最後的「朱ranger」是什麼的人，請聽暢銷熱賣中的孫電台CD第四彈，就可以逼近讓人捧腹大笑的「陰陽戰隊Granger」的核心。還收錄有窮奇大人——亦即若本先生（配音員）當來賓的章回哦～非聽不可！
勢如破竹的電台少年陰陽師「來自彼方的聲音～簡稱孫電台」，正在web上播放，大受歡迎。播放至今已經一年多，各方面都愈來愈精采了。
越影是「歸天之翼」的人物，因為是外傳，所以我以為大家會當成完全平行的兩種故事來閱讀，沒想到天馬們還是那麼受歡迎，我覺得很開心。
PS2遊戲「少年陰陽師 歸天之翼」也快發售了。請大家聽著開頭主題曲

〈ENISHI〉（緣），殷切期待。

ＤＸ包裝有我全新創作的「迷你小說」，還有「劇情ＣＤ」和「作品解說ＤＶＤ」等特惠，所以請務必預約購買哦！

遊戲的ＢＧＭ更好聽，我用作者的特權取得，每天都在聽。有很多很棒的曲子。遊戲音樂跟劇情ＣＤ、卡通一樣，作曲家都是中川老師，也跟劇情ＣＤ、卡通一樣，都寫了全新的曲子。對了，劇情ＣＤ「篁破幻草子」的樂曲，也都是中川老師的全新創作。

卡通不會發行原聲帶ＣＤ，所以，我希望起碼遊戲能發行樂曲的原聲帶ＣＤ。光我一個人聽，太可惜了。雖然玩遊戲就聽得到，但是總不能隨身攜帶遊戲吧……

在音樂方面，少年陰陽師人物主題曲ＣＤ「花鳥風月～白夜」，正暢銷熱賣中。「花鳥風月」還有另外一張「殘月」，這張預定於二〇〇七年七月十六日發行。

每首曲子都很棒，有的很動人、很柔和，令人陶醉。

五月二十日在東京厚生年金會館舉辦的少年陰陽師「孫」感謝活動——「傾聽風雅之詩」，每位配音演員當場都成了歌手，展現了美妙的歌喉。

不只唱歌，還有朗讀劇情和談話，是很快樂的一天。

現場狀況都收錄在ＤＶＤ裡，預定於二〇〇七年十二月七日發行。

孫卡通ＤＶＤ是每月發行，我每個月都會在豪華版發表新作品，所以滿足地、嚴酷

地享受著月刊連載般的心情。

天狐篇的劇情CD也有那麼一點動靜了，敬請大家耐心等待後續報導。放心，N川路製作人是個很能幹的男人。

還有……

TV卡通少年陰陽師，決定搬上舞台了！

舞台耶、舞台耶！少年陰陽師將邁入三次元，太棒了！

剛聽說時，我非常懷疑地反問：「啊……？」

我說：「開什麼玩笑啊？」對方說：「不，是真的。」回想起來，那一天已經很遙遠了。

這世上隨時都有可能發生任何事，既然這樣，乾脆說：「總有一天會搬上好萊塢大銀幕！」要記住，有言靈、有言靈。

對了，這則快報的傳單就在我手上，以下是摘錄。

二〇〇七年十月四日～八日　池袋sunshine劇場

——平安時代，曠世大陰陽師安倍晴明的孫子昌浩大顯身手的「少年陰陽師」，將在大家殷殷期盼中搬上舞台！

由「少年陰陽師」公認後援會先行受理

二〇〇七年夏，在各入場券代售處開始販賣！

詳細內容會隨時公佈在少年陰陽師官方網站！

……就是這樣囉！總之，詳情請查閱孫NET，我也很期待看到舞台表演是什麼樣子。眾所皆知，孫NET在此↓

http://seimeinomago.net（PC & Mobile通用ＵＲＬ）

珂神篇完結了。這裡有點爆雷，所以還沒看完的人，請不要看後面。

從《蒼古之魂》開始的珂神篇，總共五集。

窮奇篇三集、風音篇四集、天狐篇五集，所以有讀者寫信問我，珂神篇是不是六集，結果最後寫不到六集。

開始寫這一集時，我打電話給責任編輯N川女士。

光：「完結篇可以毫不留情吧？」

N：「不可以！」↑速答

光：「啐，不行哦？」

看來，是在上個月出版的《篁破幻草子～邂逅時如夢幻》中得到了教訓。

既然責任編輯說不行，我就只好手下留情了。

對了，剛才提到的ＣＤ「花鳥風月」，將在七夕前一天發行的「殘月」，有扮演小怪的野田順子唱的〈月夜行〉。

這首歌的歌詞，是描寫小怪為了昌浩，把誓言刻劃在心上。比誰都早聽到這首曲子的我，首先浮現腦海的是滅亡的九流族人民。

在故事高潮，也就是從比古和多由良、茂由良與真鐵雙邊對峙時，到比古被苦苦哀求的地方，都播放著〈月夜行〉的背景音樂。

說的是比古與茂由良；說的是真鐵與多由良；說的是茂由良與多由良；說的是比古與真鐵。

〈月夜行〉真的是很棒的曲子，發行後請大家一定要聽。

故事完全照預定走到了終點，太好了、太好了。

這次被昌浩說「總不會就是這麼厲害吧」的紅蓮，可以像這樣摘掉金箍、保留清楚意識、發揮全力大戰的機會並不多呢！想來有點同情他。

加油，紅蓮，你絕對是最強的。勾陣不是也說過，你的稱號絕非浪得虛名嗎？

幾天前發行的《動畫之書》，在人物設定資料中，有註明所有人的身高。有讀者看過後，寫信來說：「十三歲不可能那麼矮！搞錯了啦！」

似乎從很久以前就有人有誤解，其實《少年陰陽師》的世界是平安時代，年齡是算「虛歲」。也就是說，一出生就算「一歲」，過個年就再加一歲，變成「兩歲」。十二月生的嬰兒，一過年就兩歲了。想想看，才出生兩個月就「兩歲」了呢！

所以，《少年陰陽師》的「十三歲」，足歲只有「十一歲或十二歲」。

在現代，十三歲是國一學生；虛歲十三歲的昌浩，其實只是小學六年級。

再說，當時的男性平均身高比現在矮十公分以上，骨架也比較小。而且，當時的食物，營養價值也比現在低，所以成長會比現在的小孩子慢。還有，昌浩的設定原本就是個子比同年代的男生矮小。

我都有仔細想過，所以請不要再責備我了……

題外話，在史實上，篁的身高跟紅蓮一樣，真不愧是冥官（冥界官員）。

珂神篇告一段落了，接下來是很久沒寫的番外短篇集。

少年陰陽師第二十卷①，應該會在秋天發行。

其他的詳細工作訊息，請點閱結城光流官方網站，這裡的消息應該最快，從手機也可以閱覽。

不知不覺中，電台開始播出了、卡通開始放映了，還做成了遊戲、搬上了舞台，大家覺得正好在這期間完成的第四單元「珂神篇」怎麼樣呢？

請務必寫信來告訴我感想。

人物排名也請大家踴躍投票。

下一次，昌浩是否還能死守第一名呢？這就要看大家的投票結果了，請大家多多支持。

那麼，期待下一本書再見了。

結城光流

小怪的陰陽講座

①結城老師是指除了外傳《歸天之翼》以外，《少年陰陽師》「正傳」的集數，繁體中文版是歸為第二十一集喲！

國家圖書館出版品預行編目資料

少年陰陽師.貳拾.無盡之誓 / 結城光流著；涂愫芸譯. -- 初版. -- 臺北市：皇冠, 2010[民99].7
面;公分. --(皇冠叢書；第3998種 少年陰陽師；20)
譯自：少年陰陽師　果てなき誓いを刻み込め
ISBN 978-957-33-2680-9(平裝)

861.57　　99010925

皇冠叢書第3998種
少年陰陽師 20

少年陰陽師——
無盡之誓

少年陰陽師
果てなき誓いを刻み込め
Shounen Onmyouji ⑳ Hatenaki Chikai wo Kizamikome

作　　者—結城光流
譯　　者—涂愫芸
發 行 人—平雲
出版發行—皇冠文化出版有限公司
台北市敦化北路120巷50號
電話◎02-27168888
郵撥帳號◎15261516號
皇冠出版社(香港)有限公司
香港上環文咸東街50號寶恒商業中心
23樓2301-3室
電話◎2529-1778　傳真◎2527-0904
出版統籌—盧春旭
責任編輯—丁慧瑋
版權負責—莊靜君
日文編輯—蔡君平
美術設計—黃惠蘋
行銷企劃—李嘉琪
印　　務—江宥廷
校　　對—邱薇靜・熊啟萍・丁慧瑋
著作完成日期—2007年
初版一刷日期—2010年7月

法律顧問—王惠光律師

讀者服務傳真專線◎02-27150507
電腦編號◎501020
ISBN◎978-957-33-2680-9
Printed in Taiwan
本書特價◎新台幣199元/港幣67元